**Max Annas** est écrivain et vit à Berlin. Il a publié une douzaine de livres documentaires avant 2014 et sept romans depuis, qui se déroulent en Afrique du Sud, en RDA, en RFA, puis dans l'Allemagne dite réunifiée et dans une Allemagne du futur. Pour certains de ces romans, il a reçu le prix allemand du roman policier. Sont déjà parus en France aux éditions Belfond : *Enfer blanc* (2019) et *Kodjo* (2020).

**Jérôme Leroy** est né en 1964, à Rouen. Il est l'auteur d'une quarantaine de livres dont de nombreux romans noirs à La Série Noire (*Le Bloc* – Prix Michel Lebrun 2011) et à La Table Ronde (*Un peu tard dans la saison* – Prix Rive gauche à Paris 2017) ou encore *Norlande* (Points, 2021) et *Vivonne* (La Table Ronde, 2021). Auteur jeunesse chez Syros (*Lou, après tout*), il est également poète (*Un dernier verre en Atlantide*, paru à La Table Ronde en 2010 – Prix de l'Académie française en 2011). Il vit actuellement à Lille. Dernier livre paru : *Les derniers jours des fauves* (La Manufacture de Livres, 2022).

La partie allemande a été traduite par **Mathilde Julia Sobottke**, la traductrice habituelle de Max Annas en France, qui a par ailleurs traduit les œuvres d'Elfriede Jelinek, Thomas Melle, Marius von Mayenburg, Lukas Bärfuss, Stefanie de Velasco et Emanuel Bergmann. Elle est également monteuse et collabore régulièrement à des projets artistiques et cinématographiques.

Jérôme Leroy
Max Annas

# TERMINUS LEIPZIG

*Inédit*

*Éditions Points*

ISBN 978-2-7578-9471-2

*En mémoire de Marianne Annas (1932-2021)*
*et Lucia Siemienski (1939-2021)*

# Chapitre 1

La même semaine, la commissaire de l'antiterrorisme Christine Steiner reçut en pleine poitrine trois balles d'AK-47 et apprit le suicide de sa mère.

On était en février, le mois le plus court et le plus méchant. Les deux événements n'avaient aucun rapport entre eux mais, par la suite, Christine Steiner ne pourrait s'empêcher d'y voir un lien. Elle ne trouverait jamais lequel au juste, sinon qu'il arrive dans la vie des coïncidences qui ne prouvent rien, hormis l'absurdité de l'existence.

***

Pour les trois balles d'AK-47, cela eut lieu un lundi, à l'aube. Une aube bleu et rose, glaciale, en Picardie, pas très loin de la baie de Somme : il y avait une saveur salée dans l'air.

La commissaire Steiner avait réuni à la hâte, le dimanche après-midi, les trois collègues sur lesquels elle pouvait vraiment compter à la DGSI. C'étaient de jeunes flics, deux hommes et une femme. Ils étaient ambitieux, fidèles, toujours disponibles et prêts à s'affranchir des procédures. Il y avait les lieutenants Lucien Cazal et Fadila Amrani, ainsi que le major Dominique Forma. Ils vouaient à Christine une admiration qui la renvoyait à son âge : 51 ans, bientôt 52. Elle ne s'était jamais vue dans le rôle de mère par procuration ou de gourou. Elle se sentait vieille, solitaire, avec une forme de désespoir latent qu'elle soignait depuis des années en abusant des anxiolytiques pour calmer les angles aigus de l'angoisse et de la cocaïne pour entretenir sa lucidité.

La réunion avait eu lieu chez elle, dans un trois pièces du XIVe arrondissement, meublé comme une chambre d'hôtel luxueuse mais impersonnelle, autour de la table basse du salon. Elle avait préparé du café pour Cazal et Forma, du thé à la menthe pour Fadila Amrani.

– Je sais où est Boulinier, dit Christine Steiner. Il est arrivé hier soir dans une ferme près de Routhiauville. C'est dans la baie de Somme. En fait, cette ferme est une résidence secondaire que lui a prêtée un ami riche. L'ami en question a préféré me le balancer. Il devient encombrant, Boulinier, si on veut garder sa réputation intacte tout en affirmant la supériorité de la race blanche.

– Le nom de l'ami riche, commissaire ? avait demandé le lieutenant Cazal, un petit brun musclé, aux yeux vifs.

– Tu me permettras, Cazal, de garder mes sources. Ça fait partie du deal. Je le laisse financer la mouvance d'ultradroite pour l'instant. Je ne communique pas son nom aux journaux. En échange, il me donne Boulinier.

Boulinier était recherché depuis quinze jours. C'était un ancien légionnaire à la tête d'Action Europe Blanche, un groupe de survivalistes. Ils avaient mitraillé des mosquées et des foyers de travailleurs immigrés dans le sud de la France. Il n'y avait pas eu de morts, par miracle. Le plus dingue, c'était que dans certains médias on trouvait le moyen de relativiser ces attentats en invoquant un danger islamiste bien plus grand. On parlait de soldats perdus. On les excusait, presque, du côté des partis d'extrême droite. Finalement, il y avait eu une rafle de l'antiterrorisme. On avait surpris les membres d'Action Europe Blanche chez eux, au saut du lit, où ils dormaient en bons pères de famille. On les avait tous eus, sauf Boulinier qui était parti en cavale.

– Vous êtes d'accord sur le principe ? avait demandé Christine Steiner. On sera en dehors des clous, je vous préviens…

– Ce ne sera pas la première fois, avait souri le major Dominique Forma qui portait avec élégance de petites lunettes rondes et une barbe de trois jours soigneusement taillée.

– On pourrait même le buter, cette ordure…, avait murmuré Fadila Amrani, une grande Kabyle aux yeux clairs. Ça fait des mois qu'il crache sa haine sur les réseaux sociaux, qu'il appelle aux ratonnades et à la guerre raciale. Si on le prend vivant, on va le voir parader sur toutes les télés, on va voir les fachos de tout poil le soutenir plus ou moins ouvertement. J'en ai marre. Je voudrais bien que la peur change de camp, ne serait-ce que pour ma famille…

Il y avait eu un silence dans le salon de Christine Steiner.

On avait entendu la sirène d'une ambulance au loin. Christine Steiner aurait pu répondre que la police n'était pas un escadron de la mort, que se comporter comme ceux d'en face, c'était s'abaisser à leur niveau : elle n'en était même plus convaincue.

– Fadila, la seule chose que je peux te dire, c'est que si Boulinier est armé, ce qui est probable, nous ne prendrons aucun risque.

***

À 5 heures du matin, un SUV noir où se trouvaient les trois flics se gara au pied de l'immeuble de la commissaire Steiner. Quand elle le vit par la fenêtre, elle vérifia une dernière fois l'approvisionnement de son Sig Sauer, le glissa dans un holster de ceinture sous la veste stricte d'un tailleur-pantalon noir et, avec une carte de crédit, se fit une ligne de coke sur la table de la cuisine.

Une fraîcheur de glacier envahit ses sinus et elle ressentit instantanément cette impression de puissance et d'optimisme qu'elle adorait plus que tout. C'était même la dernière chose qu'elle aimait dans ce métier.

Dans le SUV, c'était Fadila Amrani, régulièrement première à tous les stages de conduite de la police, qui conduisait. À cette heure, la circulation habituellement démente de Paris se révéla fluide et ils arrivèrent bientôt sur l'autoroute A16.

Fadila Amrani ne prit pas en compte les avertissements des panneaux lumineux qui signalaient des plaques de verglas. Une sorte d'instinct lui permettait de les éviter en douceur. La commissaire envoya sur les smartphones de Cazal et Forma, assis à l'arrière, le plan de la ferme du riche fasciste où se planquait présentement Boulinier.

Le SUV s'arrêta enfin dans le village de Routhiauville, près du monument aux morts. La ferme était à cinq cents mètres. Christine Steiner et les trois flics s'équipèrent avec le matos dans le coffre : on enfila les gilets pare-balles, on prit les fusils d'assaut compacts HK53, on s'accrocha quelques grenades aveuglantes. Pour finir, Fadila Amrani lissa ses cheveux longs en arrière et les fit tenir par un chouchou d'un rose Polly Pocket qui rappelait quelle petite fille elle avait été, il n'y avait pas si longtemps.

Christine Steiner n'arrivait même pas à s'en vouloir d'aimer cette sensation de fraternité aiguisée par le danger. Si sa vie ratée avait encore un sens, c'était pour ces moments où l'adrénaline valait toutes les drogues.

La ferme était composée de deux longères en briques perpendiculaires. Fadila Amrani et Dominique Forma passèrent par l'arrière, Christine et Lucien Cazal par-devant.

Ce que personne ne pouvait prévoir, c'était que Boulinier aimait pisser dehors.

En soi, cela n'aurait pas été un problème. Mais il aimait pisser avec son AK-47 en bandoulière. Il déboucha d'un bosquet en se rebraguettant. Il vit Christine et Cazal avant que Christine et Cazal ne le voient.

La première rafale d'AK-47 fit exploser la tête de Cazal. La seconde se confondit avec le tir d'instinct de Christine Steiner. Elle eut la consolation de voir Boulinier s'effondrer alors que trois balles entraient dans son gilet.

Le choc la projeta en arrière sur le sol. L'impression d'écrasement sur sa poitrine était insupportable, elle essaya de se relever, elle vit dans un brouillard rouge les silhouettes de Fadila Amrani et de Dominique Forma courir vers elle. Forma s'arrêta près du corps de Boulinier tandis que Fadila s'agenouillait près d'elle.

– Ça va aller, commissairc Steiner, ça va aller…

Et tout devint noir.

***

Christine sortit de l'hôpital Georges-Pompidou le mercredi en fin de matinée, après quarante-huit heures en observation. Elle avait avec elle une ordonnance d'antidouleurs. Elle ne fit pas remarquer à l'interne de service que de la codéine, elle en avait déjà une armoire pleine chez elle.

Personne n'était venu la voir.

Ni famille, ni amis puisqu'elle n'en avait pas. Elle n'avait pas connu non plus d'histoire d'amour depuis au moins trois ans, si on pouvait parler d'amour à propos d'accouplements plus ou moins satisfaisants avec des partenaires de rencontre. Elle ne s'en plaignait pas, elle constatait. Et d'une certaine manière cela lui convenait. Peut-être que dans quelques années, ce serait différent mais alors il lui serait très facile d'avoir une porte de sortie : elle gardait chez elle son arme de service.

Plus surprenante était l'absence des collègues. Bien entendu, Fadila et Forma devaient être sévèrement débriefés et peut-être même déjà mis à pied. Tandis que le pauvre Cazal devait reposer à la morgue. Mais si les autres n'étaient pas venus la voir, c'était qu'elle était devenue dangereusement radioactive : ça avait dû gueuler très fort à la DGSI, et même Place Beauvau. Et à l'antiterrorisme, s'il arrive qu'on soit courageux sur le terrain, dans les bureaux on se comporte comme dans n'importe quelle administration : si un collègue fait une connerie, on ouvre le parapluie.

Christine avait regardé les sites d'infos sur son smartphone : la fusillade dans la ferme de Routhiauville faisait la une mais on ne citait pas le nom de la commissaire. On indiquait juste que l'opération avait coûté la vie d'un policier de 26 ans et que Boulinier avait été tué après avoir ouvert le feu, ce qui était vrai. On avait découvert dans la ferme d'autres armes et des munitions ainsi que le plan d'un Centre d'accueil de demandeurs d'asile en région lilloise. Ça, Christine était incapable de savoir si c'était vrai ou si c'était une invention pour justifier l'opération menée hors de toute légalité.

À peine sortie de l'hôpital, sur le parvis, Christine reçut un SMS : « Je veux te voir dans mon bureau, à 14 heures tapantes. »

Il n'y avait pas besoin de signature.

Le numéro était celui du Grand Patron.

***

Maintenant, le Grand Patron lui faisait face, dans son immense bureau de la rue de Villiers à Levallois-Perret. Elle avait à peine eu le temps de repasser chez elle, d'examiner ses seins meurtris par un immense hématome, de reprendre de la codéine et, après une brève hésitation, un rail de coke pour contrebalancer les effets abrutissants de l'antalgique. Elle s'était changée, aussi.

– Assieds-toi.

Ils avaient le même âge, ils avaient fait leurs études à Saint-Cyr-au-Mont-d'Or ensemble. Ils avaient même été amants, au siècle dernier. Christine se demandait comment il la voyait maintenant : une quinquagénaire maigre, sèche comme un coup de trique, au chignon et au tailleur-pantalon austères.

– Tu m'emmerdes, Christine. Tu m'emmerdes terriblement. Tu as perdu tout sens de la mesure et de la hiérarchie. Tu as créé ta petite cellule personnelle et tu mènes ta guerre de ton côté. C'est intolérable. Un de tes petits protégés y est resté. Je te signale au passage que j'ai demandé aux deux autres de remplir une demande de mutation.

– Je…

– Tais-toi. Tu es un très grand flic mais tu déraillles complètement. Je te connais. Tu ne vas pas bien. Tu as l'air d'un squelette. Tu n'as pas vu de psy de la police depuis deux ans et tu continues à aller sur le terrain. Je m'en fous que tu te shootes à l'adrénaline ou à autre chose : ton boulot, c'est de coordonner. Pas d'aller jouer au cow-boy contre des apprentis nazis en baie de Somme. Alors, écoute-moi bien, en attendant de savoir ce que je vais bien pouvoir faire de toi, tu prends tes congés pour les six semaines à venir. Tu t'en tires bien, commissaire Steiner, tu…

Le smartphone de Christine vibra dans la poche de son tailleur. Machinalement, elle le sortit et lut le SMS. Le Grand Patron s'apprêtait à brailler devant une telle désinvolture quand il vit Christine s'effondrer en larmes.

– Nom de Dieu, qu'est-ce qui t'arrive ?

– Ma mère… Ma mère vient de se suicider.

***

On était début avril, une chaleur précoce s'était installée sur la France et l'Europe, avec des températures qui pulvérisaient comme chaque année désormais les précédents records enregistrés dans les annales de Météo France.

Christine Steiner était dans une voiture de première classe du TGV Paris-Lyon et elle se demandait ce qu'elle fichait là. Dans moins d'une heure, elle serait dans la capitale des Gaules. Elle ne connaissait pas bien Lyon, où elle n'était pas retournée depuis ses années de formation à l'École supérieure de la Police à Saint-Cyr-au-Mont-d'Or. Elle avait décidé de se changer les idées en allant à Quais du Polar, un festival d'auteurs de romans noirs venus du monde entier.

Ce serait sa première sortie depuis l'affaire Boulinier, le suicide de sa mère Petra et ses vacances forcées. Personne, à part le Grand Patron, ne le savait. Il lui téléphonait tous les deux jours, pour prendre de ses nouvelles. Elle en était la première étonnée. Il semblait sincèrement se soucier d'elle. Était-ce en souvenir de leur ancienne liaison ? Était-ce parce qu'il n'avait pas envie de perdre un excellent élément ? Sans doute un peu des deux. La veille au soir, elle lui avait dit son intention de partir à Quais du Polar.

– Mais c'est une très bonne idée, Christine. Tu verras du monde. C'est ce que la psychiatre te recommande, non ?

Il posait la question comme si la psychiatre de la police ne le renseignait pas sur son état après chaque entretien. La psychiatre était une femme jeune et sympathique. Christine était assez rodée pour lui dire ce qu'elle voulait entendre. Elle ne lui avait rien avoué sur son addiction à la cocaïne et aux anxiolytiques.

Elle ne lui avait pas dit grand-chose, non plus, sur sa mère, Petra Steiner, infirmière retraitée, née à Kiel en Allemagne, soixante-quatorze ans plus tôt et morte à Rouen en février dernier en se jetant du quatrième étage de son appartement du quartier Saint-Sever.

Qu'aurait-elle pu dire d'ailleurs ?

Son enfance, puis son adolescence à Rouen avaient été l'histoire d'un long silence entrecoupé par les dépressions de Petra Steiner. Christine, petite fille, se retrouvait souvent hébergée par des collègues de sa mère. Une mère qui se montrait aimante, ne se mettait jamais en colère sauf une fois, quand Christine avait voulu prendre allemand en deuxième langue au collège. On aurait dit que Petra Steiner voulait tout effacer de ses origines : il ne lui restait qu'un vague accent, presque imperceptible.

Christine, qui était comme flic de l'antiterrorisme habituée à tout savoir sur ses cibles, n'avait jamais paradoxalement éprouvé le besoin d'approfondir le peu d'éléments que lui avait donnés sa mère, presque à regret, au cours des années. Naissance en 1947 à Kiel, arrivée en France en 1971 avec Christine qui n'avait pas trois ans. Sa mère invoquait un chagrin d'amour, le désir de changer de vie, une attirance pour la France et la langue française qu'elle avait apprise pendant ses études. Et c'était vrai que sa mère aimait le français. La bibliothèque, dans sa chambre, était constituée exclusivement de poètes et de romanciers français. Lors des deux nuits que Christine avait passées à Rouen, dans sa chambre d'ado, pour régler les formalités de l'enterrement, elle avait feuilleté un recueil d'Aragon et elle était tombée sur un poème dont plusieurs vers avaient été soulignés par Petra Steiner :

Sa vie Elle ressemble à ces soldats sans armes
Qu'on avait habillés pour un autre destin
À quoi peut leur servir de se lever matin
Eux qu'on retrouve au soir désœuvrés incertains
Dites ces mots Ma vie Et retenez vos larmes
Il n'y a pas d'amour heureux

À l'enterrement de Petra, par une journée d'un ciel blanc qui faisait mal aux yeux, il y avait quand même eu un peu de monde pour une femme aussi solitaire. D'anciennes collègues de Petra chez lesquelles Christine avait parfois logé quand sa mère faisait des séjours en clinique psychiatrique, quelques amis d'enfance à elle et même son premier petit copain devenu un quinquagénaire bedonnant et chauve mais qui avait gardé le même regard bleu et tendre. Il y avait même eu le Grand Patron qui avait fait le déplacement ainsi que Fadila Amrani qui venait d'être mutée à Angers.

– Si vous avez besoin de quelque chose, commissaire, je vous donne mon nouveau numéro.

***

Le TGV ralentissait. On allait arriver à Lyon-Part-Dieu.

Christine traversa l'immense hall de la gare, un peu étourdie. Elle résista à l'envie de prendre un anxiolytique. Elle avait profité de ses longues semaines chez elle pour tenter de se sevrer de la coke et du reste. À défaut d'avoir arrêté, elle avait sérieusement ralenti.

Quand elle en avait assez, elle louait une voiture et quittait Paris pour Veules-les-Roses, une petite station balnéaire de la Côte d'Albâtre où elle allait souvent enfant, avec sa mère. Elle restait la journée, à se promener sur les galets, à regarder les vagues, couleur d'acier, frapper les falaises de craie.

Elle mangeait du crabe et des huîtres, elle ne forçait pas trop sur le vin blanc. Elle se laissait parfois surprendre par la nuit, qui tombait tôt, presque sans transition. Christine allait alors dormir dans l'appartement de sa mère, à Rouen. Elle ne se décidait pas à le vendre. Pourtant, ni Petra ni elle n'y avaient été particulièrement heureuses. Elle fouillait un peu, retrouvait des souvenirs : sa mère avait gardé beaucoup de vêtements de Christine dans un carton, depuis l'enfance. Elle avait gardé aussi tous les bulletins scolaires, les photos de colonies de vacances, celles de l'année du baccalauréat où Christine riait avec ses copines et celui qui allait devenir le gros quinqua aux yeux bleus et était encore un jeune homme mince avec une mèche blonde qui lui retombait sur le front.

Il y avait même une copie pour l'administration française de son acte de naissance : Kristina Steiner, dite Christine Steiner, 2 janvier 1969 à Berlin (RFA). En revanche, rien sur sa mère.

Plus tard, Christine se dirait que si elle avait appliqué son œil de flic à la vie de Petra Steiner, elle aurait dû se douter de quelque chose, trouver suspecte cette absence de souvenirs, comme si la vie de sa mère avait commencé avec son arrivée en

France dont elle avait acquis la nationalité, d'ailleurs, en 1980.

***

Christine, au milieu de la foule et des grandes affiches annonçant le festival Quais du Polar, tentait de s'orienter en regardant son smartphone pour rejoindre le Palais de la Bourse où se déroulait la manifestation quand elle reconnut le numéro du Grand Patron.

– Christine, bien arrivée à Lyon ?

– Oui, je…

– Écoute-moi. Ne m'en veux pas de perturber ton week-end, mais un flic t'attend devant la FNAC de la Part-Dieu. Tu es encore dans la gare ?

– Oui, je viens juste de… Mais dis-moi, c'est quoi ce plan que tu me fais ?

– Le collègue t'expliquera.

– Dis-moi que ce n'est pas une manière de…

– De quoi ? Tu es toujours en congé officiellement. C'est juste que ton regard pourrait aider…

– Merci…

– Ne va pas t'imaginer je ne sais quoi. Tu es toujours sur la sellette…

***

Le policier en uniforme qui était devant la FNAC la reconnut avant qu'elle ne le voie.

– Commissaire Steiner ? Brigadier Marceau.

Elle eut un instant une morsure de culpabilité au cœur : Marceau ressemblait de manière saisissante à Cazal.

Il la conduisit à une voiture marquée Police et démarra aussitôt.

– Vous me briefez, brigadier ? Je suis là par hasard…

– Je vais essayer.

Marceau était un bon flic : il avait l'esprit de synthèse. Alors qu'il conduisait, il lui expliqua qu'une fusillade avait eu lieu, tôt dans la matinée, dans un appartement de la rue Pouteau.

C'était dans le quartier de la Croix-Rousse. Un professeur d'allemand à la retraite, Torsten Meyer, 77 ans, et sa femme Françoise avaient été exécutés par un homme qui ne portait sur lui qu'un billet d'avion Francfort-Lyon-Francfort, avec un retour prévu aujourd'hui. Mais il semblait que Torsten Meyer ne soit pas mort sur le coup. Il avait réussi à récupérer une arme dans sa chambre, un pistolet Heckler & Koch. Il était parvenu à tirer sur le tueur, qui venait de mourir de ses blessures aux urgences de l'hôpital de la Croix-Rousse.

– L'antiterrorisme est sur le coup ?

– Oui. Torsten Meyer était un ancien de la mouvance de l'extrême gauche allemande dans les années 1970. Il vivait ici depuis quarante ans mais cette histoire de type venu de Francfort pour le tuer et repartir le jour même a mis la puce à l'oreille des premiers collègues arrivés sur les lieux.

– Qui chapeaute l'enquête ?

– Le commissaire Garance. Vous le connaissez ?

– Vaguement.
– Il vous attend rue Pouteau.

***

Le brigadier Marceau gara la voiture au pied d'une volée d'escaliers bordés de hautes façades de six étages. Les escaliers étaient encombrés par des badauds, des flics, des journalistes.

L'appartement de Torsten Meyer était au dernier étage. À 77 ans, sans ascenseur, ça ne devait pas être évident. À moins qu'il n'ait gardé la forme. Ce qui était sans doute le cas. Réussir, alors qu'il était blessé, à se saisir d'une arme et à abattre son agresseur, ça tenait de l'exploit.

Le commissaire Garance, un trentenaire dans un costume bien coupé, lui serra la main avec un sourire :

– La grande commissaire Steiner !

Ce n'était même pas ironique. Il le pensait vraiment.

– Je ne sais pas trop pourquoi je suis là, commissaire Garance…

– On a toujours besoin du regard d'une experte, non ? Et puis il se pourrait qu'il y ait un lien avec Boulinier et son Action Europe Blanche.

Christine eut du mal à réprimer un sursaut.

Officiellement, elle n'avait jamais participé à l'opération de la baie de Somme.

Le commissaire Garance devina son trouble :

– Ce n'est pas à vous, commissaire Steiner, que je vais apprendre que tout se sait à la DGSI.

Bref, Boulinier, comme pas mal de salopards de son acabit, avait des contacts avec l'extrême droite allemande. Vous avez lu comme moi les rapports que nous ont communiqués nos homologues du BfV. Ils nous ont aussi indiqué qu'ils craignaient des actions de leurs groupes d'ultradroite un peu partout en Europe pour aller punir les survivants de la génération de la bande à Baader… Cela fait partie explicitement du programme de ces dingues. Les jeunes surtout : ils veulent, en plus de leurs actions habituelles contre les immigrés, s'attaquer aux symboles survivants de la vieille génération de l'extrême gauche. Boulinier ou d'autres ont très bien pu leur servir de correspondants chez nous… Vous en pensez quoi ?

– Oui, c'est possible. Il faudrait explorer cette voie. Le billet du tueur était à quel nom ?

– Un nom qui ne correspond à personne pour l'instant. Le tueur ou ses commanditaires lui auront fourni de faux papiers. S'il ne les avait pas sur lui, c'est qu'il les a cachés quelque part dans l'aéroport de Lyon et qu'il les aurait repris au retour… De toute manière, même si on les trouve, ils ne nous mèneront à rien.

Machinalement, alors que Garance continuait à lui parler, elle fouillait un peu au hasard dans l'appartement qui avait été déjà balisé par la police scientifique. Le tueur avait surpris Torsten et sa femme dans leur cuisine alors qu'ils prenaient leur petit-déjeuner. Françoise, sa femme, avait été tuée sur le coup. Torsten, blessé, avait réussi à sortir par une autre porte de la cuisine, on pouvait suivre les traces de sang jusqu'à la chambre.

Dans la chambre, au lit encore défait, Torsten avait renversé des cartons à chaussures pleins de photos sur le rayonnage d'une petite bibliothèque, pour attraper son arme et il avait eu la joie ultime de tirer sur le tueur avant de mourir. Les photos étaient encore répandues sur le parquet.

Machinalement, Christine s'accroupit et se pencha sur les clichés.

Elle posa son sac à dos, qui contenait quelques affaires de voyage et son arme de service, à côté d'elle.

Elle tomba presque aussitôt sur ce qu'elle ne cherchait pas, mais alors pas du tout.

Sur quelque chose que non seulement elle ne cherchait pas mais qu'elle n'aurait jamais voulu trouver.

Elle eut un étourdissement et crut qu'elle allait vomir.

Elle glissa la photo dans la poche de son blouson, se redressa. Tout tournait autour d'elle. Elle reconnut les symptômes d'une putain de crise de panique.

– Qu'est-ce que vous avez, ça ne va pas ? Vous êtes en sueur..., s'inquiéta Garance.

– Je... je ne sais pas. Il faut que je prenne l'air.

Sous le regard stupéfait de Garance, elle quitta l'appartement, dévala les six étages, se retrouva dans la rue, au milieu de la foule. Elle entrevit le brigadier Marceau, descendit quatre à quatre les escaliers de la rue Pouteau, se perdit dans la Croix-Rousse.

Elle ne s'aperçut même pas qu'elle pleurait.

Elle s'adossa à un mur, dans une ruelle déserte. Elle sortit la photo aux couleurs passées.

Il n'y avait pas de doute.

Sur la photo, c'était sa mère, avec cinquante ans de moins.

Elle tenait un bébé. Le bébé avait la tête couverte d'un bonnet tricoté en laine bleue avec une étoile rouge, un bonnet qu'elle avait toujours connu, que sa mère avait gardé, et qu'elle avait encore vu lors de son dernier passage à Rouen.

Elle retourna la photo.

Une main – celle de Torsten Meyer ? – avait écrit « Wolfgang, Petra et Kristina, juillet 1969 ».

# Chapitre 2

– Rien à foutre de leur déferlement de haine.

Wolfgang Sonne se tenait à l'une des fenêtres de la petite maison. Élancé, le dos un peu voûté, une épaisse chevelure grise avec un reste de noir au-dessus de l'oreille gauche. Sa moustache parfaitement taillée s'arrêtait aux commissures des lèvres. La gravière était masquée par ce qui restait du bosquet. Mais les quelques arbres auraient bientôt eux aussi disparu. Avec la maison dans laquelle il se trouvait.

Elke s'approcha par-derrière, se blottit contre lui et glissa sa main entre ses jambes. Elle la laissa d'abord reposer, puis se mit à fouiller.

– Autrefois, dit-elle, elle était presque toujours dure quand tu étais en colère.

Elle resta sans bouger. Legging et tee-shirt noirs, cheveux gris tressés sur son cardigan rouge déboutonné.

Wolfgang ne dit pas un mot.

– Il y a des pilules pour ça maintenant, ajouta Elke en augmentant la pression de sa main.

– Si j'en prenais, ça ferait de moi un vieil homme.

– Tu as 75 ans.

– Et puis, j'en ai rien à foutre de ça non plus.

– De tes 75 ans ?

– Des problèmes d'érection.

– On en reparlera. Comme du déferlement de haine. Non, mais à quoi tu t'attendais ? « Qu'ils prennent d'assaut les frontières », et sur Twitter en plus.

– C'est absurde, dit Wolfgang.

Il détacha doucement la main d'Elke de son aine et alla attraper un journal. Il chercha brièvement puis désigna un article avec un geste du menton. Il n'avait pas encore mis ses lunettes sans monture qu'il commença à lire.

– Regarde… « Si nous continuons d'exporter famine et armes de guerre, qu'ils viennent tous piétiner nos frontières. » C'est bien plus nuancé.

– Super, les nuances sur Twitter.

– Que veux-tu qu'il arrive ?

Elke se posta à la fenêtre exactement comme Wolfgang avant elle. Elle se servit de la manche de son gilet pour nettoyer quelque chose au-dessus du croisillon.

– Tu as vu, ils sont pratiquement chez nous. Je ne pensais pas qu'on verrait ça de notre vivant.

– Ça aurait déjà dû arriver il y a deux ans.

– Oui. Mais ça a été reporté si souvent. Et maintenant… Je t'ai dit que j'ai presque vidé l'armoire ?

Elle remua la tête d'un air de regret.

– Les Fassbender sont déjà partis ? Je ne les ai pas vus déménager.

– Je n'ai rien vu non plus. C'était peut-être quand on est rentrés à Leipzig pour rapatrier nos livres. De toute façon, ils se seraient bien gardés de nous dire au revoir. Ces enfoirés. C'est comme Twitter, ça me tape sur les nerfs ! Tous des idiots. Ça n'a rien de nouveau quand même. J'ai toujours formulé les choses de cette manière.

– Viens, on sort.

Elke ouvrit la porte de derrière.

– Tu penses toujours qu'ils nous ont mis sur écoute ?

– Non, rien à voir. On n'est pas sur écoute. D'ailleurs, c'est toi qui l'as toujours supposé. Mais le soleil brille, et on n'aura plus souvent l'occasion d'en profiter.

Elle tendit la main à Wolfgang depuis l'embrasure de la porte. Il la saisit et se laissa entraîner. Sans mot dire, ils marchèrent jusqu'au bout du terrain. Dans leur dos, pelouse rustique et plantes aromatiques. Devant eux, aucune clôture limitant la propriété, mais plusieurs rangées de bouleaux non encore abattus. Juste derrière, ceux déjà coupés. À droite, la propriété des Fassbender. Des haies en guise de séparation et de brise-vue masquaient un jardin ni entretenu ni utilisé. À gauche, les Röder. Leur break venait de se garer. Peter et Ina sortirent simultanément, les deux filles mirent plus de temps. Les parents saluèrent sans un mot, d'un simple et bref signe de la main.

– C'est tellement triste. Ils ne trouveront plus jamais rien de comparable pour les filles. Elles n'auront plus que l'étage d'un immeuble pour jouer.

Elke salua les filles. Elles en firent autant avant de disparaître dans la maison.

– On ne retrouvera jamais rien de comparable non plus.

– La maisonnette à côté de Rolf et Heidemarie dans les jardins ouvriers est toujours vacante.

– Je n'irai pas dans ces jardins. Même si on nous offrait la maison.

– Tu es toujours si rigide.

– C'est pour ça que je suis connu, et c'est pour ça qu'on me lit.

Berta, l'aînée des Röder, sortit par la porte du jardin. Elle sauta par-dessus la pierre faisant office de limite et courut vers Elke qui la serra dans ses bras.

– Tu nous fais la lecture ? demanda Berta.

À 7 ans, elle lisait déjà bien, mais certaines habitudes demeuraient.

– Nous avons déjà emporté tous les livres, dit Elke en regardant Wolfgang. N'est-ce pas ?

– Mmh, oui.

Il s'accroupit près d'elle, ignorant la douleur, et ajouta :

– Plus aucun livre depuis hier. Seulement ceux que nous lisons nous-mêmes.

– Des livres d'adultes ? demanda Berta.

– Mmh. Que des livres d'adultes.

Wolfgang se redressa. Ses genoux ne s'arrangeaient vraiment pas.

Berta rentra la tête dans les épaules et s'en alla.

– Nous viendrons vous voir pour vous faire la lecture, lança Wolfgang. À l'appartement.

Elke lui lança un regard réprobateur.

– Tu ne crois pas que tu en promets un peu trop, là ?

Wolfgang eut un haussement d'épaules.

– S'ils sont partis, on pourrait commencer à déterrer les armes.

Il se retourna et contempla le terrain des Fassbender.

– Attendons qu'il fasse nuit. Inutile qu'on nous voie.

Elle fit un bref signe de tête vers la maison des Röder.

– Je suis surprise que tu ne les aies pas déjà sorties de là.

– Ce n'est pas que je ne voulais pas. Je n'étais pas sûr qu'ils soient vraiment partis. Parce que l'autre soir, avant-hier je crois, il faisait noir et il y avait encore de la lumière dans la maison. Ils ne dormaient pas.

– Ils ont beaucoup changé depuis leur arrivée.

Elke prit à nouveau la main de Wolfgang dans la sienne, le tirant vers la maison.

– Ils n'ont pas changé, rétorqua Wolfgang, retenant Elke qui voulait rentrer. Ils ont juste compris qui on est.

– Qui tu es.

Elke insista sur le « tu », faisant ressortir la consonne.

– Moi, je ne suis que la professeure de yoga un peu folle. Ne l'oublie pas.

– Tu n'as jamais mâché tes mots, ni dans tes livres ni ici.

– Primo, les Fassbender ne lisent pas de livres. Et deuzio – viens dans la maison, je veux faire un café –, je ne leur ai jamais raconté grand-chose. Pour eux, le yoga c'est juste des femmes qui se roulent par terre et qui font des contorsions. Nan, nan, ils ont découvert qui tu es. Allez, viens, après le café, on brûlera les papiers dont on n'a plus besoin.

***

– Il fait presque noir, dit Elke.

Elle posa la tasse de café rincée sur l'égouttoir, éteignit la lumière de la porte de derrière, puis le plafonnier au-dessus de la table. La maison comprenait au rez-de-chaussée une grande pièce à vivre servant de cuisine et de salon ainsi qu'un petit couloir et une salle de bains. À l'étage, il y avait une chambre et une deuxième salle de bains.

– Et alors ? fit Wolfgang, une fois les lumières éteintes.

L'obscurité ne l'empêchait pas de se déplacer librement, mais l'obligea à poser sur la table le classeur qu'il feuilletait. Impossible de lire dans ces conditions.

– Quand la nuit tombe, il fait noir. C'est comme ça depuis toujours. Qu'est-ce qu'il y a de particulier ?

– On va aller chercher les armes.

– Pourquoi veux-tu faire ça maintenant ?

– Parce que la maison est vide, répondit Elke en appuyant son nez contre la fenêtre. Parce que les Fassbender sont partis. Parce que l'occasion s'y prête.

Comme Wolfgang ne répondait pas, elle ajouta :

– Il faudra bien le faire de toute façon.

Elle alla à la fenêtre d'où l'on voyait la maison de la petite famille.

– Ils sont en train de mettre les enfants au lit. Ils vont bientôt aller se coucher. Il fait trop froid pour s'asseoir sur la terrasse, ils ne pourront donc pas nous voir.

Wolfgang savait qu'Elke avait raison. Il fallait le faire. Et si c'était l'occasion de le faire sans être vu, alors… Il avait toujours veillé à ce que les deux flingues ne puissent pas être trouvés dans l'appartement où il dormait. Ni dans cette maison qu'ils investissaient les week-ends pour écrire, ou simplement pour échapper aux bruits de la ville.

Située au sud-est de Leipzig, la maison faisait partie d'un petit lotissement datant du début des années 1930 qui avait été lentement englouti par les gravières. Leur maison ainsi que les deux qui la flanquaient seraient les dernières à s'effondrer. Il restait trois jours, et les pelleteuses rappliqueraient.

C'était logique d'aller chercher les armes, mais ça le rendait nerveux rien que d'y penser. Si les flics se pointaient, il ne fallait pas qu'ils tombent dessus.

Mais les flics avaient cessé de venir. Du haut de ses 75 ans, il n'était plus qu'un vieux con réfractaire. Personne ne s'intéressait plus à un vieux con réfractaire.

Et maintenant, il était même devenu ce vieux con réfractaire qui n'arrivait plus à bander. Quelle merde.

– Ça ne t'aidera en rien de m'ignorer.

La voix d'Elke le tira de ses pensées.

Il se leva, jeta un œil par toutes les fenêtres, l'une après l'autre, prit Elke dans ses bras et dit :

– Attendons encore quelques minutes, il n'y aura plus assez de lumière pour qu'on nous voie, mais suffisamment pour nous passer de la lampe-torche. Je vais vite me changer.

Il pointa du doigt le tee-shirt blanc qu'il portait.

Peu après, ils quittèrent la maison et se faufilèrent le long de la haie des Fassbender.

– Tu te souviens ? demanda Elke.

– À peu près.

Dos à la gravière qui grandissait de jour en jour, Wolfgang désigna un arbre maigrelet.

– À l'époque, il était tout petit. Mais c'est là.

– Il est toujours tout petit. J'y vais ?

Mais Wolfgang se glissait déjà entre les branches. Il avait enfilé une chemise gris foncé déchirée. Une deuxième déchirure venait de s'y ajouter. En serrant les dents, il s'agenouilla et sortit la pelle à main de la poche arrière de son jean. Au début, il se contenta de sonder un peu la terre, essayant de se souvenir de l'angle précis avec l'arbre et la maison pour retrouver l'endroit où il avait enterré le petit paquet. Mais sonder ne lui fit pas revenir la mémoire, et il commença à creuser la terre devant lui.

– Wolfgang.

La voix d'Elke était si basse qu'elle était à peine audible. Mais elle était pressante. Presque paniquée.

– Wolfgang.

Encore une fois. Encore plus bas.

– Il y a quelqu'un.

Il se leva non sans douleur et voulut se frayer un chemin à travers la haie.

– Non, fit Elke, fais le tour. Ça fera moins de bruit. Rejoins-moi par l'autre bout.

Wolfgang savait que, quelque part, il y avait une ouverture dans la haie. Il découvrit la trouée et se glissa jusqu'à Elke sans produire un seul bruit plus fort que le vent.

Lorsqu'il passa son bras autour de ses épaules, il sentit qu'elle tremblait.

– Où ça ? fit-il.

Elle pointa, entre leur maison et celle des Fassbender, la forêt dense qui les protégeait de la route départementale.

– Là. Entre les arbres.

– Je ne vois rien.

Wolfgang ôta ses lunettes et tenta de faire la mise au point. Il réussit à plus ou moins distinguer la première rangée d'arbres, mais fut incapable de repérer âme qui vive.

– Moi non plus. Je ne vois plus rien.

– Tu es sûre de toi ?

Mauvaise question. Ils étaient méfiants. L'un comme l'autre. Mais pas paranoïaques. Pas outre mesure, en tout cas.

– Évidemment que je suis sûre.

Elle avait souligné avec emphase le premier mot.

– Là. À quelques mètres de l'allée. Il y avait quelqu'un.

– Il nous a vus ?

– Je ne sais pas. Il fait presque noir. Et on… Il y avait vraiment quelqu'un.

– Je n’en doute pas. Un chasseur.
– Dans le noir ?
– Un cueilleur de champignons alors.
– Au printemps ?
– Que faisait-il là ?
– Comment le savoir ? Mais il y a des gens qui savent où on vit.
– Ils savent pour l’appartement de Leipzig.
– Oui, mais ce n’est pas si difficile de découvrir que de temps en temps le célèbre Wolfgang Sonne vient se réfugier ici.
– Tu penses encore à l’article.
– Je pense aux bêtises que tu postes sur Twitter.
– Ce ne sont pas des bêtises.
– Ce n’est pas le bon média.
– Laisse-les se monter le bourrichon.
– Oui, et peut-être que là, c’était quelqu’un qui s’était monté le bourrichon.
– Ou bien un promeneur.
– Ou bien un promeneur. Vas-y, continue de creuser.

Wolfgang se faufila de nouveau dans la haie, provoquant une nouvelle déchirure à sa chemise, se remit à genoux et laboura le sol près de l’arbre jusqu’à ce qu’il tombe sur quelque chose de métallique. Le son ne correspondait pas à celui du métal, car les flingues avaient été enveloppés dans du plastique et du tissu, mais il sentit la pelle heurter quelque chose de dur. Une fois le paquet récupéré, ils restèrent cachés derrière la haie un temps, à épier entre les maisons. Mais non, il n’y avait personne.

– C'était un homme ? demanda Wolfgang.
– À ton avis ?

***

Le doux ronflement d'Elke lui offrait d'ordinaire la garantie acoustique, à la fois familière et bienvenue, que tout était pour le mieux. Souvent, il réfléchissait encore un peu à un article qu'il voulait écrire, puis il la suivait dans son sommeil. Il admirait son calme et son sang-froid, en toutes circonstances, et avoir constaté la nervosité et le manque de contrôle dont elle avait fait preuve ce soir l'inquiétait d'autant plus. Le fait qu'elle ait cru voir dans la forêt une silhouette avait fini par le déstabiliser.

Wolfgang se détourna d'Elke et s'assit sur le bord du lit. Très lentement, il attrapa son jean, sa chemise déchirée et les chaussures posés sur la chaise, quitta la chambre, descendit et s'habilla dans le couloir obscur. Quelle bonne idée Elke avait eue d'accrocher des rideaux aux deux fenêtres à côté de la porte d'entrée. De cette façon, il pouvait regarder à travers la fente entre le tissu et le châssis de la fenêtre sans se sentir observé. Même si quelqu'un se tenait juste là…

SI !

Mais pourquoi quelqu'un se tiendrait-il là ? Qu'y avait-il à voir ici ? Trois maisons qui seraient démolies dans quelques jours. Une famille avec deux enfants adorables. Elke et lui. Et les Fassbender.

Non, se dit-il, les Fassbender étaient partis. Ils ne s'étaient jamais bien entendus, mais il n'y avait jamais eu d'agressivité. Il y a des voisins qu'on aime et d'autres dont il faut s'accommoder. Aucun problème au fond. Vous faites la lecture aux enfants des gentils voisins, vous jouez à papi et mamie, vous ne vous posez pas la question de savoir ce que leurs parents savent réellement de vous.

Et vous vous tenez à l'écart des autres. Point barre. Ne serait-ce que parce que le fils débile des Fassbender était dans la police.

Pourtant, même Elke pouvait se mettre en rogne quand papa Fassbender déboulait une fois de plus par la haie, accroché à son téléphone, pour expliquer la vie à quelqu'un. Il restait alors planté là, au bout du terrain à faire la leçon à son interlocuteur en fixant la maison. Ou bien Elke, allongée sur son transat. « Si j'ai envie qu'un type me mate, je le lui dis », avait-elle râlé à plusieurs reprises.

Une fois, il avait demandé à Elke si elle voulait qu'il aille casser la gueule à Fassbender. La mine on ne peut plus sérieuse. Il avait fallu deux secondes à Elke pour comprendre la blague, puis elle avait éclaté de rire.

La blague étant que Fassbender avait vingt ans de moins et trente kilos de plus sur la balance.

Wolfgang quitta la maison par la porte de derrière, lampe-torche à la main. Il scruta brièvement l'obscurité devant lui. La gravière s'était approchée de plus en plus, avait grandi d'année en année. Il ne restait plus que quelques maigres rangées du bosquet de bouleaux. Les autres maisons, presque une douzaine en descendant le chemin, étaient tombées depuis déjà plusieurs mois. Quel dommage d'être privé de ce cadre idyllique ! Un petit lotissement, caché de la route par de vieux arbres. Personne ne se hasardait à venir par ici. Et c'était ici qu'il aurait pu rendre son dernier soupir. Une connaissance leur avait dit qu'il y avait une maison à vendre. C'était quand déjà ? Au début des années 1990 ? Elke et lui l'avaient immédiatement visitée. Celle qui était vide, juste là où se terminait le chemin qui passait dans la forêt. Deux maisons la flanquaient, identiques jusqu'au crépi sale. Un étage, porte d'entrée au milieu, avec de part et d'autre la fenêtre du couloir et celle des toilettes. Une cuvette pleine de boue pour garer la voiture. La maison était tout sauf belle, mais elle leur appartenait. Loin du bruit de la ville en plus. Ils l'avaient tout de suite achetée. À l'époque, tout était si bon marché par ici.

Il s'arrêta devant la haie des Fassbender. Ça avait été une bonne décision d'enterrer les flingues chez eux. Ils avaient observé le couple pendant un certain temps et remarqué qu'il y avait des coins de la propriété qu'ils n'utilisaient pratiquement jamais. Les Fassbender avaient aménagé une petite terrasse avec quelques dalles où, par temps chaud, ils mangeaient des plats mijotés à base de viande, préparés par Mme Fassbender. Puis il y avait le sentier menant à l'extérieur du terrain que M. Fassbender empruntait pour ses explications sur la vie. C'était tout.

Seuls les visiteurs occasionnels leur causaient quelques inquiétudes. Parfois l'un de ces types, voire deux, restaient sur le terrain les bras croisés à frotter leurs semelles par terre. Sans penser à rien, comme on le fait quand on est planté quelque part à discuter, une canette de bière à la main. Mais au fond, la cachette était sûre. Tout près et pourtant loin. Wolfgang se faufila à travers la haie.

La porte à l'arrière de la maison n'était pas verrouillée. Il y entra et renifla les odeurs. Mais il ne trouva que celle des boules désodorisantes et d'un truc éventé qui sentait la vieille bière. Quand il buta sur les canettes, il sut au moins d'où ça venait.

Il alluma très brièvement la lampe-torche. Les canettes étaient posées au milieu de la pièce. Vides. Achetées au discount.

Comment avaient-ils pu louper le déménagement des Fassbender ? Peut-être était-ce pendant qu'ils faisaient des courses ou qu'ils étaient sortis déjeuner ? Après tout, c'était vite fait de vider une petite maison comme celle-ci. Mais bon, quelle importance !

Du couloir, il regardait vers la forêt où Elke avait aperçu cette silhouette.

Ou pensait l'avoir aperçue.

Non, ne sois pas méchant. Elle a dû voir quelque chose. Ou quelqu'un.

Le déferlement de haine les avait déstabilisés. Pourtant, ce n'était que les habituels réactionnaires, nazis et attardés qui disaient, écrivaient et postaient les habituelles conneries. On t'aura. On va te couper les couilles. Tu vas brûler. Crève, Juif. Alors qu'il n'y avait pas de Juifs dans sa famille, en tout cas pour autant qu'il sache. Des trucs à propos de gazage, des trucs à propos d'expulsion, mais pour l'expulser où, il se le demandait, qui voudrait de quelqu'un comme lui, et puis aussi plein de trucs sur Elke. Surtout les habituelles insinuations sexuelles.

Ils avaient déjà vécu ça. Comme ça ou presque.

Et pourtant Elke n'était pas aussi sereine que d'habitude. La professeure de yoga qu'elle était exigeait plus d'elle-même.

Il appuya sa main contre le cadre de la porte, s'imagina une bière fraîche à la main, à la rigueur même une de ces canettes bon marché, et se demanda ce qu'il faisait là. D'accord, il n'avait pas pu dormir. Et s'il était honnête avec lui-même, il fallait avouer que ce qu'ils devaient affronter actuellement, les réactions à son dernier article et à ses commentaires sur Twitter, avait pris un tour un peu plus violent que d'habitude.

Il fit glisser son doigt le long des nervures du bois de l'encadrement. Demain matin, il appellerait quelques amis au sujet des prochains cartons qui devaient dégager. Il ne restait pas grand-chose. Quel dommage pour cette belle petite maison ! Ils n'en trouveraient pas d'autre comme ça par ici.

Son index palpait encore les irrégularités du chambranle. Wolfgang s'étonnait que les boiseries des petits bourges tels que les Fassbender ne soient pas bien lisses. Alors il ralluma la lampe-torche.

Juste une seconde.

Allumer. Éteindre. Tout de même, il ne pouvait s'empêcher de sourire un peu. Il n'y avait personne dans la forêt. Surtout pas au milieu de la nuit.

Le bref flash de lumière avait révélé quelques lettres, probablement gravées dans le bois.

Étrange que les Fassbender fassent ce genre de choses.

Il ralluma la lampe-torche.

Des lettres.

Des chiffres aussi.

Il plissa les yeux pour distinguer ce qu'il regardait. Il aurait dû prendre ses lunettes.

Une lettre, deux autres, puis quatre chiffres.

Il plissa encore les paupières, et resta stupéfait. C'était le numéro d'immatriculation de sa voiture.

Et en dessous – juste fermer les yeux un instant – en dessous, c'était celui de la voiture d'Elke.

Détends tes yeux. Garde les paupières baissées, compte jusqu'à dix, non plutôt jusqu'à vingt. Il y avait davantage d'immatriculations. En troisième position, il y avait celle du fils d'Elke, s'il se souvenait bien. En dessous, celle de leur amie Ute. Et puis… venait la plaque de Volker, son ancien camarade. Il la connaissait par cœur.

Wolfgang éteignit la lampe-torche. Il s'était attendu à tout sauf à ça en entrant ici…

# Chapitre 3

Christine Steiner se regardait, nue, dans le miroir de la salle de bains, son arme de service plaquée sur la tempe.

Elle pleurait.

Entre ses larmes et la condensation due à la douche où elle était restée pendant une heure, elle ne voyait d'elle que le reflet fantomatique de son corps trop maigre.

Elle attendit que la buée se dissipe et révèle, sous la précision cruelle de l'éclairage au néon, son long corps maigre, tout en muscles fins et en tendons comme celui d'un adolescent ainsi que son visage creusé et rougi par les larmes.

Elle respira de manière précipitée, elle poussa un cri animal et elle appuya sur la détente.

Le chien du Sig Sauer claqua à vide.

Elle reposa l'arme, s'assit sur le carrelage humide en tailleur et continua de pleurer.

Il était minuit.

La journée qui venait de s'écouler repassa devant ses yeux.

***

Les heures précédentes se résumaient à une suite d'actions qu'elle avait accomplies, mue par des automatismes plus ou moins conscients. Combien de temps avait-elle erré dans Lyon sans voir la ville qui avait déjà une allure estivale en ce début d'avril, avec des terrasses de café bondées et des femmes aux épaules nues. À peine enregistrait-elle sans s'en rendre compte des visages qu'elle croisait : un homme qui fumait, deux gamins qui chahutaient, une jeune fille plongée dans l'écran de son portable en se mordant la lèvre inférieure.

Cela avait duré longtemps si elle en jugeait par l'application de son smartphone qui comptait ses pas.

Près de 40 000, un peu plus de trente kilomètres. Elle ressentait à peine cette marche aveugle, sinon par une légère contracture dans le mollet droit et une douleur vague dans les lombaires.

Ensuite, elle s'était retrouvée dans les parages de la gare de la Part-Dieu, sans trop savoir comment. Elle était entrée dans un fast-food. Elle éprouvait une faim dévorante. Elle avait commandé quatre cheeseburgers et une portion de frites XXL. Elle avait mangé avec rapidité et gloutonnerie. Un couple d'ados l'avaient regardée, d'abord stupéfaits, ensuite franchement écœurés et avaient détourné le regard en échangeant des sourires gênés.

Christine avait l'impression que la nourriture grasse et salée, moelleuse et consolante, remplissait en elle un vide animal. Elle s'était souvenue de ses crises de boulimie vers 15, 16 ans, quand elle quittait l'appartement étouffant où sa mère en pleine crise dépressive restait allongée dans le noir toute la journée. Maintenant, Petra était morte, Petra était allongée pour toujours dans le noir et Petra était sur une photo vieille de cinquante ans, avec elle dans les bras et cet inconnu prénommé Wolfgang.

Elle était allée dans les toilettes du fast-food, elle avait longuement vomi, en sueur. Une affiche sur la porte annonçait le festival Quais du Polar qui se déroulait en ce moment même. Son projet d'un week-end à traîner dans les travées, au milieu de la foule se faisant dédicacer des romans noirs par des écrivains assis derrière leurs piles de livres, lui avait paru absurdement lointain.

C'est moi, le roman noir, avait-elle pensé, alors qu'elle se rinçait la bouche en se penchant au-dessus du lavabo. Je suis un roman noir. À moi toute seule. Elle avait ri, d'un long rire amer qui s'était terminé en sanglots. Elle s'était assise sur l'abattant des toilettes, avait fouillé dans ses affaires à la recherche d'un anxiolytique qu'elle aurait pu avoir oublié, mais elle savait très bien qu'elle n'avait pas pris de médocs avec elle, ni de coke, pariant sur un week-end calme, apaisé.

Tu parles.

On avait frappé avec impatience à la porte des toilettes. Christine s'était décidée à sortir, avait gagné la gare de l'autre côté de l'avenue sillonnée par les voitures et les tramways. Elle avait pris de justesse un train pour Paris. Par chance, il restait une place isolée en première classe. Une fois installée, elle avait mis ses lunettes noires, elle avait eu la tentation de regarder de nouveau la photo trouvée dans l'appartement de ce Torsten Meyer pour se prouver qu'elle s'était trompée. Mais non, elle savait que ce n'était pas le cas. Alors, elle s'était endormie dès que le train avait démarré.

***

C'est une contrôleuse qui la réveilla, deux heures plus tard, avec une douceur qui la fit pourtant sursauter.

À Paris, elle prit un taxi. L'idée de rentrer chez elle, sans qu'elle sache au juste pourquoi, lui sembla soudain insupportable. Elle fit changer de direction au chauffeur.

– Finalement, je ne vais plus vers Alésia. Emmenez-moi gare Saint-Lazare.

Elle croisa le regard fatigué et désabusé du chauffeur, un Noir qui écoutait une radio de musique classique. Christine crut reconnaître du Bach.

– Comme vous voulez…

Christine voulait aller à Rouen. Retourner dans l'appartement de sa mère. Recommencer une fouille méthodique même si elle savait qu'elle ne trouverait rien qui aurait pu expliquer la photo.

Pendant le trajet vers Saint-Lazare, elle s'aperçut que le Grand Patron avait tenté d'appeler une demi-douzaine de fois et laissé autant de SMS et de messages sur WhatsApp.

Ça attendrait. Qu'elle ait digéré le choc.

Pour l'instant, Bach dans le taxi suffisait à la couper de la réalité. Oui, c'était bien Bach finalement. Une *Suite anglaise* : le piano l'enveloppait, l'emportait, couvrait le bruit de la circulation.

Bach, Petra Steiner écoutait Bach quand elle rentrait de ses journées d'infirmière. Bach ne la guérissait pas de ses dépressions à répétition, mais enfin, il les ralentissait. Quand sa mère n'écoutait plus Bach, Christine avait fini par comprendre que les séjours en clinique psy n'allaient pas tarder à reprendre.

Christine quitta presque à regret l'habitacle du taxi et les *Suites anglaises* pour rentrer dans un univers de fumées et de klaxons énervés avec la foule qui se faufilait vers les métros entre les bagnoles coincées dans les embouteillages.

La gare Saint-Lazare était bondée.

Alors seulement, elle prit conscience qu'il était un peu plus de 18 heures.

Lyon, le brigadier Marceau, le commissaire Garance, l'appartement de la rue Pouteau avec le sang dans la cuisine et la chambre de Torsten Meyer, les photos répandues sur le parquet, tout cela était comme un mauvais rêve lointain. Mais un mauvais rêve qui, depuis le matin, la faisait vivre dans un univers parallèle.

La photo. La photo. La photo.

Le train pour Rouen était un vieil Intercités. Elle arriva avec du retard. Elle avait besoin d'anxiolytiques. Elle entra dans une pharmacie qui allait fermer, sortit une ordonnance de son portefeuille.

– Vous avez déjà utilisé les trois boîtes prescrites, madame. Il faut retourner voir votre médecin.

La pharmacienne lui rendit l'ordonnance avec un regard où se mêlaient de l'impatience, du mépris pour cette toxicomanie légale et une pointe de sadisme.

– Écoutez, soyez compréhensive, je suis en déplacement et…

– Non, madame. Je ne peux pas.

Christine Steiner soupira, sortit sa carte de police et regarda à droite et à gauche en vérifiant qu'il n'y avait pas de clients.

– Écoute-moi, connasse, écoute-moi bien : je suis flic et j'ai eu une journée très fatigante. Si tu ne me donnes pas immédiatement ce que je te demande, je vais te créer une montagne d'emmerdements. C'est assez facile, tu sais…

La pharmacienne devint aussi blanche que sa blouse. Elle n'était pas habituée à ce qu'on lui parle sur ce ton. Elle lut quelque chose dans le regard de cette femme flic qui la terrifia. Elle lui tendit la boîte d'anxiolytiques sans faire de commentaires.

Christine, à peine sortie, goba deux gélules puis héla un taxi qui l'emmena en quelques minutes de l'autre côté de la Seine, dans l'appartement de Petra Steiner. L'odeur de renfermé accentua l'allure vieillotte de l'endroit. Rien n'avait changé depuis que Christine était partie faire son droit à Paris au milieu des années 1990, après sa licence de droit pour préparer un DEA et passer ensuite le concours de commissaire.

Il lui vint à l'idée que finalement sa mère habitait un appartement aussi impersonnel que le sien, mais dans un style plus désuet. Elle rouvrit l'eau et remit l'électricité, s'assit sur le vieux divan beige, face à un écran plat qui était la seule note moderne dans la pièce.

Elle réfléchit. Les anxiolytiques l'avaient détendue. Son cerveau recommençait à fonctionner.

La photo trouvée à Lyon. Le suicide de sa mère. Y avait-il un rapport ? Lequel ? Elle ne voyait pas.

Petra Steiner s'était jetée par la fenêtre. Bien sûr, elle avait toujours été dépressive, bien sûr, il y avait toujours eu de la mélancolie au fond de ses yeux gris-bleu. Mais, dans le souvenir de Christine, jamais sa mère n'avait tenté de se suicider. Parce que Christine était là.

Combien de fois sa mère lui avait caressé le visage, en lui répétant : « Heureusement que je t'ai, *Püppchen.* » *Püppchen*, petite poupée, le surnom donné par sa mère. Un surnom qu'elle donnait encore à Christine quand celle-ci était devenue une adulte. Un surnom qu'elle lui avait donné lors de leur dernière conversation au téléphone, quelques jours avant que Christine ne décide d'aller arrêter Boulinier, en baie de Somme. Un surnom qui était la seule trace du passé allemand de sa mère. Il n'empêche, Christine ne pouvait s'empêcher de lui en vouloir. Petra avait mis toutes ses forces dans son métier difficile d'infirmière. Elle était, d'après ses amies, une formidable soignante, d'une grande douceur mais quand elle craquait, finalement, c'était la *Püppchen* qui payait les pots cassés.

Quand elle s'était rendue à Rouen, pour les formalités liées à l'enterrement de Petra, Christine avait rencontré le psychiatre qui la suivait. Il avait eu l'air surpris. Christine n'y avait pas pris garde sur le moment, à cause de son chagrin, de la mort de Cazal et de sa disgrâce professionnelle après l'affaire Boulinier, mais le psychiatre lui avait dit que le traitement de Petra Steiner s'était plutôt montré efficace ces derniers mois et qu'il s'expliquait mal ce mode de suicide, violent – se jeter du quatrième étage – alors qu'elle aurait pu aisément en finir avec une overdose de somnifères.

Assise devant l'écran plat, et traçant des signes dans la poussière accumulée sur la table basse du salon, Christine se demandait s'il n'y avait pas eu un facteur déclenchant, quelque chose qui aurait poussé Petra à en finir.

Quelque chose lié à ce passé allemand dont sa mère n'avait jamais parlé, ce passé qui avait ressurgi pour Christine dans l'appartement de Torsten Meyer où elle n'aurait jamais dû se trouver si le Grand Patron n'avait pas décidé, par gentillesse ou en souvenir de leur liaison passée, de lui remettre le pied à l'étrier.

Elle recommença une fouille méthodique de l'appartement, retrouva le petit bonnet bleu avec l'étoile rouge et une étiquette « Made in West Germany » à l'intérieur. Elle vérifia en comparant avec la photographie.

C'était bien le même.

Mais elle ne découvrit aucun indice supplémentaire dans l'appartement.

Elle repassa dans sa chambre de jeune fille. Elle regarda les posters des groupes qu'elle écoutait alors, s'attardant sur celui représentant la pochette de l'album *Nevermind* de Nirvana.

Quelque chose manquait.

Le MacBook dont elle avait fait cadeau à sa mère qui le rangeait là. Il n'y avait plus que le câble pour recharger la batterie.

Petra s'en servait juste pour les e-mails, comme elle se servait peu de son antique téléphone portable, un modèle de base où Christine, en l'examinant, n'avait vu que des numéros qu'elle connaissait : le sien, celui du médecin et celui de quelques amies.

Où était-il passé, cet ordi ?

Elle mit deux bonnes heures à fouiller de nouveau l'appartement qui n'était pourtant pas si grand. Elle alla même à la cave, ce qui était absurde mais lui fit monter les larmes aux yeux en voyant le tricycle que Petra lui avait offert pour ses trois ans.

Où était-il, ce putain d'ordinateur ?

Et elle commença à se dire qu'il fallait qu'elle se calme ou qu'elle était très fatiguée quand elle le repéra, glissé tout bêtement dans un porte-revues près du canapé du salon. C'était bizarre que Petra l'ait mis là. Elle avait dû le consulter, assise sur le canapé, et elle l'avait ensuite abandonné là, entre un numéro de *Elle* et un magazine envoyé par la caisse de retraite, sans prendre la peine de le ranger, elle qui était pourtant si ordonnée.

Christine fit démarrer le Mac après l'avoir rechargé, avec un vilain pressentiment.

Elle n'eut pas longtemps à chercher, le dernier e-mail reçu par sa mère, le jour même de son suicide, était en allemand.

L'expéditeur était un certain Wolfgang Sonne.

Wolfgang.

Comme le prénom au dos de la photo.

***

La première chose à laquelle elle songea, ce fut qu'elle aurait dû résister à sa mère et apprendre l'allemand.

La seconde, ce fut qu'il y avait de fortes chances que ce Wolfgang Sonne soit son père.

La troisième, que ce fils de pute était responsable d'une manière ou d'une autre de la mort de sa mère et très probablement de sa vie morne, triste et désespérée, à peine éclairée par la « *Püppchen* » : Kristina Steiner, rebaptisée Christine à l'arrivée de sa mère en France.

L'arrivée, ou la fuite ? Petra était venue en France en 1971. Christine n'avait pas trois ans. Elle maudit le mur dressé par sa mémoire. Elle n'en avait aucun souvenir, même pas une de ces images qui parfois remontent à la toute petite enfance.

La première image, en fait, c'était juste un flash : elle descendait sur un tricycle une rue en pente, dans le quartier Beauvoisine où sa mère s'était d'abord installée.

Elle respira à fond.

L'e-mail ne comportait que quelques lignes. Son prénom apparaissait.

Kristina.

Elle dut s'y reprendre à trois fois, tellement elle tremblait, pour faire un copier-coller dans Google Translate.

Elle lut, la bouche sèche.

On aurait dit du français parlé par quelqu'un atteint d'un AVC, avec une syntaxe bizarre, des mots dans le désordre, des expressions inconnues…

Mais c'était suffisamment clair.

Wolfgang Sonne s'excusait d'un silence de près de cinquante ans. Wolfgang Sonne avait trouvé l'adresse électronique de Petra dans un annuaire des infirmières ayant exercé au CHU de Rouen. Wolfgang Sonne s'était souvenu que Petra avait fait un voyage linguistique au lycée dans cette ville et que c'était demeuré un magnifique souvenir. Alors comme elle avait terminé ses études d'infirmière quand elle avait quitté l'Allemagne, Wolfgang Sonne s'était dit – ce salaud aurait pu être flic – qu'elle avait peut-être travaillé à Rouen et vivait toujours là. Wolfgang Sonne s'en voulait de son comportement à l'époque. Wolfgang Sonne se sentait vieux, proche de la mort. Wolfgang Sonne aurait aimé savoir ce qu'était devenue leur fille, la petite Kristina. Wolfgang Sonne comprendrait si elle ne répondait pas.

Wolfgang Sonne était surtout un salopard, un monstrueux salopard.

Christine Steiner, fille de Wolfgang Sonne, se sentit envahie par une bouffée de panique. Elle fouilla dans son sac, attrapa les anxiolytiques, en prit un, vit la crosse de son flingue et s'en empara machinalement avant de se précipiter vers la salle de bains.

***

Et voilà pourquoi la commissaire Christine Steiner se retrouvait en larmes, assise sur le carrelage, nue, son arme à la main.

Un grand calme l'envahit soudain.

Les choses lui apparurent dans une clarté aveuglante.

Elle savait très bien ce qu'elle allait faire. Elle retrouva ses réflexes de flic. Elle se releva, passa son visage à l'eau froide et s'enveloppa dans le peignoir suspendu à la porte, celui de sa mère qui sentait son parfum.

Il fallait procéder par ordre.

Il était évident que si elle avait trouvé cette photo chez Torsten Meyer, c'était que Wolfgang Sonne et sa mère étaient liés à la mouvance de l'extrême gauche allemande des années 1960 et 1970.

Pour ce qu'elle voulait faire, il fallait absolument qu'elle laisse la DGSI dans l'ignorance. Et pour laisser la DGSI dans l'ignorance, il fallait rassurer le Grand Patron dont les messages s'entassaient dans son smartphone.

Elle respira un grand coup et fit son numéro personnel.

Le Grand Patron décrocha à la cinquième sonnerie, au moment où elle préparait déjà mentalement un message pour sa boîte vocale.

– Nom de Dieu, Christine, qu'est-ce que tu fous ? Je suis mort d'inquiétude. Ils n'ont rien compris, à Lyon… Tu t'es enfuie comme une folle. J'ai dû expliquer à Garance que tu n'allais pas bien en ce moment…

– C'est vrai, je ne vais pas bien. Mais, ça va aller mieux…

– Où es-tu ? J'ai envoyé quelqu'un chez toi. Il s'est cassé le nez.

– Je suis chez ma mère, à Rouen.

Il y eut un silence.

– Je comprends. L'ancien de la RAF qu'on a buté à Lyon, ça a un rapport ?

Putain, pensa Christine, le Grand Patron était décidément un vrai grand flic. Intuitif, rapide. Il allait falloir jouer serré.

– Non, enfin, je ne crois pas. J'ai juste fait une crise de panique. Tu vois, tu as eu raison de me mettre au repos forcé. Je n'assure pas du tout…

– Prends le temps dont tu as besoin, Christine. Mais je serais rassuré si tu m'appelais régulièrement. Et si tu allais revoir la psy dès demain.

– C'est entendu.

– Promis ?

– Promis.

Il raccrocha.

***

Elle passa une nuit étonnamment tranquille sous l'œil du bébé de *Nevermind*. Au matin, elle retrouva le CD de Nirvana et le mit en boucle pendant qu'elle effectuait des recherches Internet sur Wolfgang Sonne.

75 ans.

La même gueule que sur la photo avec un demi-siècle de plus.

Les cheveux longs et la barbe de la photo avaient été remplacés par une chevelure grise coupée court et une moustache poivre et sel. Mais c'était le même regard, le même nez et la même fossette au menton dont Christine ne put que constater que cela créait avec elle ce qu'il fallait bien appeler une ressemblance, un air de famille… Pas aussi convaincant qu'un test de paternité, mais presque.

Wolfgang Sonne n'avait pas de notice Wikipédia, mais un compte Twitter et pas mal d'occurrences dans la presse allemande. Des articles pour défendre les migrants, dénoncer la résurgence de l'extrême droite. Il avait reçu des menaces de mort, aussi, depuis plusieurs années. C'était un habitué des polémiques. On trouvait plusieurs extraits sur YouTube le mettant en scène, notamment sur une chaîne régionale de Saxe. Christine ne comprenait rien à ce qu'il disait mais il s'agissait souvent d'émissions historiques sur l'extrême gauche allemande et les années de plomb. La photo d'Andreas Baader ou de Gudrun Ensslin apparaissait pendant que le ton montait sur le plateau. Il y avait chez Sonne un calme arrogant, un sourire ironique que Christine trouvait insupportable.

À midi, elle déjeuna dans une brasserie du Vieux-Marché puis alla s'acheter des fringues, jean, blouson de toile et sous-vêtements dans un magasin de la rue du Gros-Horloge, un des rares ouverts le dimanche.

Ensuite, elle alla au cinéma où elle vit une comédie à la française, un truc inintéressant comme la plupart des comédies françaises, qu'elle suivit d'un œil distrait alors qu'elle échafaudait différents scénarios qui se terminaient tous de la même manière : Wolfgang Sonne était au bout de son flingue et elle lui faisait exploser la tête.

Vers 19 heures, elle téléphona au commissaire Paul Villanova qui bossait à Interpol, au siège de Lyon.

– Paul, j'ai quelque chose à te demander ?

Un long silence puis un soupir…

– On est dimanche, Christine. Je suis en famille, là. Tu fais chier…

– On était aussi un dimanche, à Bamako, en 2015. Tu te souviens ? Je ne vais pas te rappeler ce que tu me dois. Je pense que ta carrière se serait assez vite arrêtée, sans moi.

Un nouveau silence.

– Qu'est-ce que tu veux, commissaire Steiner ? Et dis-toi bien qu'on sera quittes. D'après les bruits qui courent, tu n'es plus très bien vue à la DGSI…

– T'occupe pas. Je veux une adresse. En Allemagne. Wolfgang Sonne. 75 ans.

– Ça a un rapport avec ce qui s'est passé hier dans notre bonne ville de Lyon ? L'assassinat de… comment déjà ? Torsten Meyer…

– Si on te demande, tu diras que tu ne sais pas. Tu me trouves ça, et discrètement. Si ça filtre, je n'hésiterai pas à expliquer ta vision très singulière de la coopération franco-malienne en matière de police. Surtout si je dis de creuser aux environs du kilomètre 320 de la route Bamako-Gao…

– Ça va, ça va… Je te donne ça demain.

– Matin ?

Nouveau soupir.

– Tu auras ça à la première heure.

Villanova tint parole.

À 8 h 45, Christine avait une adresse.

Deux, même. Une dans le centre de Leipzig. Et l'autre dans les environs. Une petite maison, près d'une gravière comme le lui révéla Google Maps.

Si cet enfoiré de Wolfgang Sonne était là-bas, à l'écart, ce serait presque trop facile.

– Tu te demandais ce que devenait ta petite Kristina, papa ? Eh bien figure-toi qu'elle arrive, ta petite Kristina… Et elle n'est pas contente.

# Chapitre 4

– Où étais-tu ?

Elke était assise dans le lit. Lumière éteinte.

– Je n'arrivais pas à dormir.

– C'est une réponse à ma question ?

Il réfléchissait à ce qu'il devait raconter et à ce qu'il devait taire, lorsqu'elle alluma la liseuse sur la table de chevet.

– Je suis descendue et tu n'étais pas dans la maison.

– Je n'arrivais pas à…

– Tu l'as déjà dit.

– Je suis allé là-bas.

– Là-bas… ?

– Chez les Fassbender.

– C'était bien ? Vous avez bu une bière ?

– Il n'y en avait plus, répondit Wolfgang.

Il lui raconta pour l'encadrement de la porte et les numéros d'immatriculation gravés dans le bois. Pendant qu'il parlait, Elke se leva, enfila un petit gilet et s'approcha lentement de lui. Mais au dernier moment, elle fit demi-tour, retourna près de la table de chevet et éteignit la lumière. Puis elle se posta à la fenêtre. Leur chambre couvrait pratiquement tout l'étage et disposait de fenêtres dans trois directions. Elke se tenait de façon à pouvoir observer à la fois la forêt côté rue et la voie d'accès.

Lorsque Wolfgang eut terminé son récit, il la rejoignit, se plaça derrière elle et l'enlaça :

– Que vois-tu ?

– Rien, répondit-elle.

– Sauf la forêt.

– Oui, oui.

– Et le chemin.

– Oui, oui.

– Mais il n'y a personne.

– Tout à l'heure, il y avait quelqu'un.

– Je te crois.

– Tu me crois parce que tu fais confiance à mes intuitions ou parce que tu t'es introduit chez les Fassbender et que tu y as vu ces trucs ?

Wolfgang savait que c'était une erreur de ne pas lui répondre tout de suite. Il sentit le corps d'Elke se raidir tout entier avant qu'il eût le temps de parler.

– Disons que je t'ai tout de même prise au sérieux. Sinon je n'aurais pas eu de mal à m'endormir. Mais maintenant que j'ai vu ces numéros d'immatriculation…

– Mais quel est le rapport entre les deux ?

Wolfgang sentait chaque muscle d'Elke pendant qu'elle parlait.

– Eh bien, s'il y avait quelqu'un, peut-être que ce quelqu'un…

– Ce n'est pas ce que je veux dire. Est-ce que tu pensais que je déraillais quand je parlais de cette silhouette ?

Elke se dégagea de son étreinte.

– Non. Bien sûr que non.

– Mais tu avais besoin de ces hiéroglyphes chez les Fassbender…

– Mais non, Elke. Je t'ai prise au sérieux avant ça. C'est bien pour ça que je n'arrivais pas à m'endormir. Et maintenant, je suis encore plus inquiet. S'il te plaît, n'en fais pas tout un plat. Penses-tu qu'il y a toujours quelqu'un ?

– On est au milieu de la nuit.

– On peut aller vérifier, dit Wolfgang en pensant : surtout pas !

– Aller vérifier ?

Elke s'écarta sur le côté de la fenêtre, de sorte que son corps fût caché par le mur.

– Et s'il y a vraiment quelqu'un ?

Comme Wolfgang ne répondait pas, elle ajouta :

– Merde. Les flingues. Est-ce qu'ils marchent encore ?

– Ce n'est pas comme s'ils pouvaient s'abîmer. Et pour une fois l'huile d'olive extra-vierge que ton frère importe nous dépannera pour graisser la…

– Arrête tes blagues.

– Je ne blague pas. Mais tu es sûre de vouloir y aller ? S'ils surveillent vraiment la porte…

– On sort par l'arrière, rétorqua Elke. Enfile quelque chose de noir.

***

Quand ils ouvrirent la porte donnant sur le jardin, il était 2 h 18. Tous les deux portaient jean et tee-shirt noirs. Wolfgang avait enfilé un blouson, et Elke, une des chemises de Wolfgang par-dessus son tee-shirt.

Ainsi, ils pourraient si nécessaire dissimuler les armes en les glissant entre leurs dos et leurs ceintures. Mais pour l'instant ils les gardaient en main.

Ils longèrent la haie des Fassbender jusqu'aux rangées de bouleaux qui restaient entre les maisons et la gravière, puis s'éloignèrent des maisons, marchant parallèlement à la route. Wolfgang savait qu'en passant entre les bouleaux dans l'obscurité, même avec ces vêtements, ils pouvaient attirer l'attention. Mais comme la nuit était noire, ils misaient sur le fait qu'on ne les verrait pas depuis la forêt de l'autre côté de la route. Si quelqu'un s'y cachait, c'était pour observer… la maison ? Leur maison ?

Si quelqu'un s'y cachait.

SI.

Arrête de douter, s'exhorta-t-il lorsqu'ils s'arrêtèrent entre les bouleaux. Ils fixèrent la clairière comme des fugitifs qui s'apprêtent à traverser la rivière derrière laquelle guettent les garde-frontières. À cela près qu'ils étaient armés.

– Traversons comme si de rien n'était, dit-il. On souffre d'insomnie sénile. Ça nous empêche de dormir. En revanche, on ferait bien de ranger ces machins.

De l'autre côté de la clairière, ils firent une nouvelle pause.

Il n’y avait rien à voir.

Ni grand-chose à entendre. Une chouette se plaignit de leur activité nocturne. Une fourgonnette – à en croire le bruit du moteur – passa sur la route. Des craquements de pas dans les sous-bois, quatre pattes, certainement pas un homme. Il avait encore une bonne ouïe pour ses putain de 75 ans. Parfois, il n’arrivait pas à croire qu’il était déjà si vieux. Un tas de gens qu’il connaissait, ou qu’il avait connus, étaient morts avant d’atteindre cet âge, ils avaient été butés ou bien ils s’étaient eux-mêmes donné le coup de grâce. Il s’en sortait bien. Il était en état de marcher, d’écrire, de boire avec modération, et jusqu’à récemment il arrivait aussi à bander s’il le voulait. Mais bon, ça, c’était un problème qu’il réglerait plus tard.

En tout cas, son ouïe était restée bonne, malgré ses légers acouphènes. Il perçut une voiture qui approchait. Il se pencha vers Elke qui respirait avec régularité et fit ce dont ils avaient convenu. Rien. Rien pour commencer. Elle n’entendait pas le moteur.

Lui ne l’entendait plus.

Les maisons étaient situées à un bon kilomètre du prochain village. Il n’y avait aucune raison de s’arrêter ici. Il y avait un transformateur à proximité, mais il n’était pas alimenté la nuit. La tour de chasse de l’autre côté de la route se trouvait en bordure d’un champ, mais pour un chasseur, il était vraiment trop tôt. Et pourtant une voiture s’était arrêtée là quelque part.

Proche.

Trop proche.

On entendit de nouveau les piétinements du quadrupède. Il s'éloignait. Puis de nouveau le moteur. Wolfgang tapota l'épaule d'Elke, qui hocha la tête. Elle avait compris.

C'était une berline. Un véhicule moderne, pas un vieux tas de ferraille. Wolfgang toucha de nouveau l'épaule d'Elke, mais elle avait bien vu les phares. Il devait y avoir une cinquantaine de mètres entre eux et la route départementale, mais on voyait distinctement les lumières s'approcher.

Elles s'avançaient lentement dans leur direction. Beaucoup trop lentement à son goût.

Puis, soudain, elles s'éteignirent.

En revanche, on continuait d'entendre le moteur.

– La voie d'accès, chuchota Elke, à peine audible.

Comme si dans la voiture là-bas on pouvait entendre ce qu'ils disaient. Le véhicule roula lentement à travers la forêt en direction de la clairière et des trois maisons.

– Je te l'avais dit.

Elke lui attrapa la main et le tira lentement en arrière. Ils restèrent cachés derrière la première rangée d'arbres, mais Wolfgang était sûr qu'on ne pouvait pas les remarquer depuis l'habitacle. Ici, la forêt n'abritait pas de bouleaux.

Maintenant le moteur était éteint. Comme les lumières. Alors ils s'immobilisèrent.

Ils se trouvaient désormais à vingt mètres de la route. Et de la voiture. C'était un véhicule normal, Wolfgang n'y connaissait pas grand-chose. Quatre portes, un toit arrondi, la couleur, peut-être une sorte de vert clair. On ne distinguait pas les personnes à l'intérieur.

Il se tourna vers Elke, qui haussa les épaules. Elle passa la main dans son dos et sortit l'arme. Avant qu'ils ne les enterrent, il avait veillé à ce qu'Elke sache s'en servir. On ne savait jamais, ça pouvait toujours être utile. Maintenant elle tenait la sienne dans sa main droite et la pointait sur la voiture.

Mais que faire ? Ils ne pouvaient tout de même pas ouvrir le feu sur la bagnole juste parce qu'elle roulait au milieu de la nuit. Ils n'étaient pas flics. Eux pouvaient tranquillement évoquer la légitime défense.

D'abord on tire, ensuite on pose les questions.

Une portière fut déverrouillée. Mais pas du côté passager qui leur faisait face.

La porte du conducteur s'ouvrit lentement, sans que personne ne sorte. Wolfgang tendit l'oreille. Est-ce que ça discutait ? Il n'entendait pas un seul mot. Et la lumière de l'habitacle ne s'était pas allumée.

Puis il y eut un mouvement silencieux à l'intérieur. Une personne sortit et s'appuya contre le bord de la portière ouverte.

Wolfgang crut voir se dessiner, sur le blanc de la maison des Röder, la tête d'une femme mince. Cheveux courts, légèrement ondulés, même avec la meilleure volonté du monde, il ne put en apercevoir davantage.

Sans bouger les pieds, il déplaça son centre de gravité pour mieux voir ce que l'arbre lui cachait. La plaque d'immatriculation de la voiture le déconcerta.

Sur le fond blanc, il crut voir une combinaison de lettres, de chiffres, puis encore de lettres. Dans cet ordre. Bien qu'il eût ses lunettes sur le nez, il ne parvenait pas à les distinguer suffisamment pour les déchiffrer.

Mais sur les deux bords, il y avait des rectangles plus sombres. Était-ce une plaque française ?

***

Elke et Wolfgang prirent le même chemin qu'à l'aller. Quelques pas dans la forêt, traverser la clairière, se faufiler entre les bouleaux jusqu'au niveau de leur maison, attendre un moment et rentrer par la porte de derrière.

Après avoir regardé dans la direction des trois maisons pendant quelques minutes, appuyée sur la portière, la femme était finalement remontée dans la voiture. Ils s'étaient sentis suffisamment en sécurité pour entamer le retour, car de l'intérieur, avec la portière fermée, elle ne pouvait pas entendre leurs pas sur le sol de la forêt.

– Lentement, fit Wolfgang après avoir fermé à clef derrière eux. Je veux dire… Sois prudente. N'allume pas.

Elke se retourna. Interrogative, silencieuse. Même sans lumière, Wolfgang comprenait son langage corporel. Elle lui faisait comprendre qu'elle y avait pensé par elle-même. Sans un mot.

– Elle s'est garée de façon à avoir une vue plongeante sur notre maison, dit Wolfgang.

– Je l'ai remarqué. Mais elle est seule, non ?

– Sinon elle aurait sûrement parlé.

Il suivit Elke dans l'entrée, jusqu'à la fenêtre à côté de la porte. Les rideaux ne laissaient qu'une mince fente. Elke se positionna pour surveiller l'extérieur sans les toucher.

– Alors ? demanda-t-il.

– Rien. Je n'arrive pas à voir à travers le pare-brise. Elle pourrait aussi bien se promener quelque part.

Elke passa la main dans son dos et attrapa l'arme.

– Tu ne veux quand même pas retourner vérifier, si ?

– Je veux me débarrasser de ce machin.

Elle tourna les talons et se dirigea vers l'évier à côté de la porte de derrière. Elle rangea l'arme dans le placard, derrière la poubelle. Puis elle se figea sans un mot.

– Et cette nana aurait un rapport avec le type que tu as vu dans la forêt ? demanda Wolfgang.

– Tu ne me crois toujours pas.

La voix d'Elke était basse.

– Je poserais la question si c'était le cas ?

– Je ne suis pas folle.

– Est-ce que j'ai dit ça ?

Wolfgang trouvait qu'elle en faisait un peu trop.

– Tu me sembles bien nerveuse.

Il n'avait pas fini sa phrase qu'il sut qu'elle le prendrait mal.

– Nerveuse ?

Elke se retourna et fit un geste qui ne lui évoqua pas grand-chose. Elle cherchait ses mots.

– On se fait menacer sur Internet parce que tu ne peux pas t'empêcher d'écrire toujours les mêmes âneries. On est sur le point de perdre notre belle maison. Il y a des gens qui traînent dehors et qui nous observent. Et moi, je suis nerveuse ? C'est quoi cette attitude machiste ?

– Pourquoi ils nous observent ?

– Comment je le saurais ?

Maintenant elle se mettait même à jouer sur les mots. Bien sûr, sa question avait été stupide.

– Je me suis mal exprimé, reprit-il. Qu'est-ce qui te fait croire que c'est nous qu'ils observent ?

– Cette femme est devant notre maison.

– Elle a dû se perdre. Elle a une plaque française. Si je ne m'abuse.

Petra lui vint à l'esprit. À Rouen. Ces dernières semaines, il s'était mis à la chercher sur Internet. Mais la femme dans la voiture était beaucoup plus jeune. Ça ne pouvait pas être Petra. En tout cas, il n'avait pas parlé à Elke de ses recherches.

On ne dit jamais tout.

– Si elle s'était perdue, peut-être qu'elle s'arrêterait à une station-service.

Dans la faible lueur nocturne, il voyait clairement Elke nier de la tête.

– Mais pas ici, en pleine forêt. Les femmes ne font pas ça. Pas au milieu de la nuit. Tu le sais très bien.

Elle avait raison.

– Mais moi, je n'ai pas besoin d'expliquer ce que cette dame fait là-bas. Je n'ai pas besoin de le comprendre. Je n'ai même pas besoin d'essayer. Pas même au milieu de la nuit.

Soudain, on frappa fort à la porte d'entrée. Trois coups. Avec une pause entre chaque coup.

Toc.

Toc.

Et un autre toc.

Et ça, au beau milieu de la nuit.

***

Paumes ouvertes, menton relevé, Elke haussa les épaules. Son corps tout entier demandait : c'est quoi ça ? Sa silhouette se découpait bien sur la lumière blafarde qui venait de quelque part derrière la gravière et tombait à travers la fenêtre.

Wolfgang se rendit compte qu'il avait la bouche grande ouverte. Il referma la mâchoire, secoua la tête.

Toc.

Pause.

Toc.

Encore une pause. Plus longue.

Toc.

Autoritaire.

Pas des coups prudents. Pas des coups timides qui demanderaient : y a-t-il quelqu'un à la maison ? Ni des coups frénétiques, cherchant de l'aide.

Tous deux restèrent figés.

Toc, toc.

– En tout cas, ce n'est pas le type de ce soir, dit Wolfgang.

– Elle est folle, fit Elke tout doucement.

– Nous avons un avantage sur elle. (Wolfgang désigna le placard sous l'évier.) Nous sommes armés. Je vais voir à la porte. Toi, reprends le flingue.

– Allume d'abord la lumière.

Elke avait parlé plus fort et se mit à chercher dans le placard.

Wolfgang était sur le point d'appuyer sur l'interrupteur, quand on frappa à nouveau.

Toc. Pause. Toc.

La détermination derrière cet acte tout simple l'étonnait. Au fond, ce n'était rien de plus que le bruit des articulations des doigts contre une porte en bois.

Toc. Pause. Toc.

Mais c'était différent de tout ce qu'il connaissait. Ou de ce qu'il attendait, oui, plutôt : de ce qu'il attendait. Ça ne correspondait pas à l'heure qu'il était. L'assurance qui se dégageait de ce geste, c'était ça qui le troublait. Quand tu frappes quelque part, dans le noir, à une heure où les gens normaux dorment, tu prends des précautions. Deux, trois fois, tout doucement, juste pour voir si quelque chose bouge à l'intérieur.

Toc. Pause. Toc, toc.

Elke s'était postée derrière lui.

– Qu'est-ce que tu attends ?

Wolfgang avança sa main libre. L'autre toujours placée sur l'interrupteur.

Ce n'est qu'ensuite que tu réessayes. Encore deux, trois coups, un peu plus forts. Puis tu attends poliment après t'être manifesté une deuxième fois. Peut-être qu'il n'y a personne à la maison. Peut-être que tout le monde dort profondément. Ou bien que personne n'a envie de t'ouvrir. Après tout, c'est le milieu de la nuit, alors qui voudrait ouvrir la porte à un étranger ?

Ou à une étrangère. Ils savaient au moins ça sur la personne derrière la porte.

Toc. Pause. Toc, toc, toc.

Ou bien c'est le scénario inverse. La panique, au secours, la peur bleue. Les nazis sont après toi. Ou les flics. Ou tous à la fois. Wolfgang eut un rictus. Certains réflexes persistaient.

– Vas-y, dit Elke.

Il avança de nouveau sa main.

Mais cette femme – car c'était évident qu'il s'agissait de la femme mince qu'ils venaient de voir –, cette femme mince ne manquait pas d'assurance, elle n'était ni à la recherche d'aide, ni saisie de panique.

Toc, toc. Pause. Toc, toc, toc.

En plus, il y avait un facteur qu'il n'avait pas encore vraiment évalué. L'assurance de cette main qui frappait à la porte était aussi le reflet de la certitude qu'il y avait quelqu'un dans la maison. Mais comment le savait-elle ?

Wolfgang alluma la lumière au moment même où il glissait sa main dans son dos. Pas directement sur l'arme, mais sur le renflement du blouson. Ils avaient au moins cet avantage.

Il décida d'embrouiller les choses. D'abord, il tourna la clé dans le mauvais sens. C'était maintenant verrouillé. Puis il la remit dans sa position initiale. Il voulait donner l'impression que c'était fermé à double tour. La femme à l'extérieur devait comprendre qu'ici rien n'allait de soi. Surtout pas quand il fallait ouvrir à cette heure-ci. Ils étaient des personnes âgées, et on était en Allemagne. Les Allemands étaient prudents. Lentement, il appuya sur la poignée de la porte. Puis il l'entrouvrit un peu, juste un peu, et regarda dehors.

Il ne vit pas beaucoup plus que le contour de la femme mince. Mais il sentit la porte voler contre son épaule. Le premier coup de pied, bruyant et brutal, le projeta en arrière contre la mince cloison qui séparait l'entrée de la cuisine. La vieillesse, se dit-il en sentant une souffrance aiguë irradier son dos et sa hanche. Le flingue dans sa ceinture envoya des vagues de douleur à travers son corps.

Le deuxième coup de pied ne se fit pas attendre. Comme il n'était plus dans le chemin, la porte vola et la poignée alla s'encastrer dans le mur. Et dans la pénombre Wolfgang devina plus qu'il ne vit que la femme mince braquait un pistolet devant elle lorsque, sans élever la voix, elle dit : « Restez calme ! »

– *Ganz ruhig*. Du calme, dit-elle, très calme, tandis qu'Elke haletait.

Wolfgang savait que derrière son dos Elke tenait encore son arme. Si elle était maline, elle la cacherait très vite dans son pantalon.

La femme mince s'avança de profil.

– Allez dans la cuisine, ordonna-t-elle.

Un français sans accent. Il n'arrivait pas à dire de quelle région elle venait.

Quand Elke se retourna, il vit qu'elle n'avait plus son arme. Très bien. Cela leur permettait de laisser l'assaillante dans l'incertitude sur les moyens dont ils disposaient.

– Toi aussi, fit la femme, et elle attendit.

Il prit appui sur le mur pour se relever. Il gardait bien ses mains le long du corps. Elle n'avait pas besoin de savoir que sa douleur avait été causée par l'impact de l'arme sur le mur. Il espérait qu'elle ne se voyait pas sous son blouson noir.

En entrant dans la cuisine derrière eux, la femme cligna des yeux. Mais ses mouvements étaient sûrs. Maigre, nerveuse, un visage trop anguleux, elle n'avait pas assez mangé ces dernières semaines. Elle venait de traverser une mauvaise passe, et elle allait se défouler sur eux.

Mais pourquoi ?

Elke se tenait dos à l'évier. Lui au milieu de la pièce. La Française leva son arme et la pointa sur sa tête. Jean bleu, veste en cuir des années 1990, baskets.

Les deux mains sur la crosse. C'était une professionnelle. Mais les tueurs à gages, ça n'existait que dans les mauvais films. Sans parler des tueuses à gages.

Celui qui faisait ça ne se montrait jamais. Et ce qu'il faisait restait généralement dans l'ombre. C'était le but.

Mais là, il n'arrivait pas à s'expliquer de quoi il retournait. Que faisait-elle ici ? Qu'est-ce qu'elle lui voulait ? Une Française ?

Garde ton calme. Il s'était imaginé à plusieurs reprises qu'au dernier moment, ce tout dernier moment avant la fin, des images des femmes qu'il avait aimées lui apparaîtraient. Elke, bien sûr. Mais aussi toutes les autres. Or, ce n'est pas ce qu'il se produisait. Il s'étonnait de son calme.

Elle n'a qu'à tirer, se dit-il.

Mais qu'elle s'explique au moins. Sa fin méritait quand même un semblant de logique.

Ellc ouvrit la bouche, inspira, mais finalement ne dit pas un mot. Elle préféra refermer ses lèvres pour afficher un sourire. Enfin, plutôt un rictus.

Elke ne bougeait pas.

– Wolfgangue, dit la femme d'une voix presque blanche.

Puis elle répéta un peu plus fort :

– Wolfgangue.

Elle jeta un regard rapide vers Elke sans bouger la tête. Celle-ci était figée par le choc. Sûrement davantage à cause du nom que la femme venait de prononcer que de la menace prolongée. L'arme était toujours pointée sur sa tête.

Wolfgang ne savait pas ce qu'il préférait : qu'Elke ne fasse surtout pas de bêtise ou bien qu'elle tente le tout pour le tout ? La femme mince continuait à jeter des regards furtifs vers Elke, sans toutefois cesser de se concentrer sur lui. Son corps se raidit une fois de plus, puis elle abaissa de quelques centimètres ses bras tendus, dirigés sur sa tête.

– Je n'y arrive pas, lança-t-elle.

– C'est quoi ces histoires ? demanda Elke. Qui êtes-vous ?

Son français n'était pas aussi bon que le sien, mais plutôt correct.

Wolfgang respira profondément. Il avait l'impression d'avoir retenu son souffle depuis un long moment. Sortir son arme, lui envoyer une balle entre les deux yeux, puis l'enterrer à côté, chez les Fassbender.

Sauf qu'il n'était plus aussi rapide. À vrai dire, il ne l'avait jamais été. Il avait toujours considéré les flingues comme une nécessité inévitable, sans éprouver aucun plaisir à s'en servir. Et de toute façon la femme mince serait plus rapide. Elle tendit de nouveau les bras, puis les baissa aussitôt.

Elle se mordit la lèvre. Il y avait là un grain de beauté, à quelques millimètres de la commissure des lèvres. Elle mit l'arme dans la poche de sa veste, regarda rapidement Elke, puis le fixa dans les yeux. Après un long moment, elle revint sur Elke.

– C'est mon père. *Mein Vater.*

Elle avait prononcé le mot *Vater* en appuyant la voyelle, presque avec dégoût.

– Qui ?

La question d'Elke n'était pas très maline, mais qui pouvait lui en vouloir dans cette situation ? Rouen lui traversa l'esprit. Mais comment était-ce…

– Lui, dit-elle à Elke sans le regarder.

Mais quel pouvait être son lien avec Petra ?

– Wolfgangue est mon père, répéta la femme mince au moment où l'on entendit un coup de feu et le bruit de la fenêtre qui explosait.

La femme mince se jeta immédiatement à terre.

Elke la suivit dans la foulée. Wolfgang s'accroupit lentement lorsqu'un deuxième coup de feu retentit, faisant voler une autre vitre en éclats. En se laissant tomber, il eut le temps de voir leur visiteuse éteindre le plafonnier de la cuisine depuis le sol.

# Chapitre 5

La commissaire Christine Steiner s'aperçut qu'elle était suivie une trentaine de kilomètres après son départ de Rouen alors qu'elle avait pris l'autoroute d'Amiens.

Il faut dire qu'elle n'était pas difficile à suivre. Elle roulait à bord d'une Opel Mokka vert pomme. Il ne restait que ce modèle dans l'agence de location Sixt de la gare de Rouen. Non seulement la couleur faisait mal aux dents, mais elle attirait irrésistiblement le regard, ce qui n'était pas idéal.

***

Pourtant, après les renseignements donnés par Villanova à Interpol, la matinée avait plutôt bien commencé.

Un grand calme, qui ne devait rien aux anxiolytiques, l'avait envahie. L'idée de la vengeance n'était plus cette rage brutale et désespérée depuis qu'elle avait découvert l'existence de Wolfgang Sonne.

Elle savait qu'elle partait pour le tuer et cette certitude avait quelque chose d'apaisant.

Il lui suffisait de regarder cette photo trouvée à Lyon, où un jeune homme barbu tenait sa mère par l'épaule avec elle dans les bras de Petra, et de comparer le même homme avec les vidéos sur YouTube pour savoir qu'il fallait qu'il paie, ce vieillard arrogant.

Le tuer, après lui avoir demandé des explications.

Comprendre pourquoi il avait abandonné une femme avec qui il avait eu un enfant. Christine avait bien quelques idées. La pureté révolutionnaire de ces gauchistes n'empêchait pas les histoires de cul. Après tout, c'était en pleine révolution sexuelle. « 69, année érotique », comme chantait Gainsbourg.

Ou alors, sa mère avait refusé la dérive violente de la bande à Baader. 1971, l'année où Petra était partie, c'était aussi celle où la Fraction armée rouge avait théorisé la guérilla urbaine, où les assassinats de flics, les attentats à la bombe allaient semer la terreur jusqu'à la folie de l'année 1977. Petra avait peut-être voulu se mettre à l'abri avec son bébé.

Christine avait appris de son métier de flic qu'il y avait rarement une cause unique aux actes des êtres humains. C'est la plupart du temps un mélange, en proportions variables, de plusieurs facteurs. La dérive meurtrière de la Fraction armée rouge avait peut-être coïncidé avec la fin de l'histoire d'amour entre Petra et Wolfgang, ou alors la fin de cette histoire avait même peut-être été la conséquence de cette dérive.

Peut-être, peut-être, peut-être…

Ça ne servait à rien de conjecturer.

Christine Steiner était intimement persuadée d'une seule chose : Wolfgang Sonne était la cause du suicide de sa mère, qui n'avait pas supporté le retour par e-mail de cet homme dont le fantôme avait hanté son existence et transformé l'enfance de Christine en cette étendue triste et grise aux contours incertains, comme un continent désolé, noyé dans la brume d'une mélancolie tenace.

Oui, il faudrait faire parler le vieux salopard avant qu'elle ne lui colle une balle dans la tête.

Et elle devait faire vite.

Son intuition de flic lui disait qu'elle n'était peut-être pas la seule à vouloir la peau de Sonne. Elle avait un peu regardé son activité sur les réseaux sociaux. Rien sur Facebook, rien sur Instagram mais, en revanche, Wolfgang Sonne aimait faire le malin sur Twitter. Deux ou trois tweets par jour.

Christine s'était assez vite lassée de tenter de les déchiffrer avec Google Translate, mais cela semblait malgré tout assez clair.

Il provoquait l'extrême droite. Sur la question des migrants, sur l'islamophobie, sur le racisme à nouveau décomplexé d'une partie de la société allemande. Sonne avait remplacé les kalachnikovs de sa jeunesse dans les camps d'entraînement palestiniens par les tweets.

C'était ça aussi, vieillir. On ne peut pas être et avoir été, n'est-ce pas, vieil enfoiré ?

Sur Twitter, des anonymes répondaient avec violence. Beaucoup de messages étaient censurés mais ceux qui restaient indiquaient un sacré degré de haine. Des rappels de son passé terroriste avec des photos anthropométriques de lui prises par la police dans les années 1960 et 1970, des montages où on le présentait près d'une potence avec marqué « Condamné à mort » sur le front, de mauvaises caricatures antisémites, des cibles rouges, des insultes et des menaces plus ou moins voilées.

Christine n'arrivait pas à décider si cette attitude de Sonne était courageuse ou complètement stupide, si c'était le signe d'une fidélité à un idéal ou les dernières clowneries d'un septuagénaire qui refusait de vieillir, qui voulait encore qu'on parle de lui pour se prouver qu'il pouvait encore faire peur.

Si Christine ajoutait ça à ce que lui avait raconté le commissaire Garance à Lyon à propos de l'assassinat de Torsten Meyer par un membre supposé d'une espèce d'escadron de la mort, on pouvait penser que Wolfgang Sonne était aussi sur la liste de ces éventuels vengeurs plus ou moins néonazis. D'autant plus que Sonne était beaucoup plus médiatique que Torsten, prof retraité en France, et qu'il vivait toujours en Allemagne.

Son dernier tweet avait moins de vingt-quatre heures : la photo d'une gravière – celle de Leipzig ? – qui mangeait la forêt et de petits pavillons démolis. Le commentaire disait à peu près : « Comme d'habitude, les Grünen ne sont jamais là quand on a besoin d'eux. » Et s'il y avait une chose que la commissaire Christine Steiner ne supporterait pas, c'est qu'un de ces connards repeints en brun vienne la priver de sa première et dernière rencontre avec son père.

C'était une affaire intime, pas politique.

***

Christine avait récupéré chez sa mère un vieux jean et un blouson qu'elle avait laissés là depuis les années 1990, ainsi qu'une paire de baskets qu'elle utilisait pour faire son jogging sur les quais, au bord de la Seine, quand elle revenait voir Petra. Sa silhouette lui avait paru rajeunie et son visage apaisé. Elle se plaisait. Un look d'étudiante qui écoute Nirvana, ce qu'elle avait été d'ailleurs.

Elle avait regardé sur le vieux MacBook l'itinéraire le plus court pour Leipzig. C'était pile à mille bornes. Elle pouvait y être dans une dizaine heures, sans compter les pauses. Peut-être passerait-elle la nuit en Belgique, un peu avant la frontière, au niveau d'Eupen.

Le temps était toujours aussi beau sur Rouen et, visiblement, sur toute l'Europe du Nord. Le ciel était bleu. Par la fenêtre de la chambre de sa mère, elle avait entrevu le fleuve qui miroitait au soleil et un bout de péniche lavée à grande eau par la femme d'un marinier.

Elle avait aimé cette ville, au bout du compte. Rouen avec ses rues médiévales, ses dentelles gothiques, son calme un peu endormi, avait su la consoler de la tristesse qui avait baigné son enfance. Elle s'imaginait, petite fille, comme une princesse de conte de fées : elle oubliait la circulation, s'amusait de la grimace d'une gargouille et s'attendait à voir sur le parvis de la cathédrale des jongleurs ou Esméralda, comme dans *Notre-Dame de Paris*.

Avant de quitter l'appartement de Petra avec son sac de voyage, Christine avait décidé de se débarrasser d'un objet et d'en prendre un autre.

Les deux étant aussi vitaux l'un que l'autre dans la vie d'un flic.

Un portable et un flingue.

Elle commença par vider la mémoire de son smartphone avant de le balancer dans le vide-ordures. Elle n'avait pas envie d'être « bornée » par le Grand Patron quand il allait s'apercevoir qu'elle avait joué les filles de l'air. Elle rachèterait si besoin un téléphone jetable sur une aire d'autoroute.

Ensuite, elle fouilla dans le tiroir d'un buffet et retrouva le petit Beretta Nano qu'elle avait donné à sa mère, quelques années plus tôt : « Tu es folle, *Püppchen*, avait dit Petra, jamais je ne me servirai d'un truc pareil. Qu'est-ce que tu veux que je risque ? Ça ne te rendrait pas un peu paranoïaque, ton métier ? »

Et c'était vrai qu'elle s'était trouvée un peu idiote, Christine. Mais elle lui avait tout de même laissé l'arme. En la retrouvant et en y introduisant le chargeur de six balles, elle n'avait pu s'empêcher de penser que sa mère en avait sans doute vu, des armes, en Allemagne, quand elle était la compagne de Sonne. Elle s'en était peut-être même servie, celle qui était devenue une vieille dame, à l'époque où elle était la jeune femme rayonnante de la photo…

En tout cas, le Beretta Nano, dont elle fixa le holster à sa cheville, serait une arme d'appoint idéale à son Sig Sauer de service qui n'avait qu'un chargeur, ce qui était un peu juste si les choses tournaient au vinaigre.

***

Et c'était peut-être bien le cas, maintenant. La voiture qui la suivait était une banale Volvo S40 d'un modèle vieux de cinq ou six ans. Une voiture tellement banale qu'elle sentait le flic.

Ou quelqu'un qui en avait les méthodes.

Christine s'en était aperçue à une multitude de petits signes qu'elle n'aurait pas détectés si elle n'avait pas été une professionnelle. Et notamment cette manière de se placer juste derrière elle quand on approchait d'une sortie de l'autoroute, histoire de pouvoir la suivre si elle changeait de direction au dernier moment, quitte ensuite à rester à bonne distance en se confondant avec les autres véhicules.

Christine sortit au tout dernier moment en direction d'Eu-Le Tréport, coupant la route à un camion qui klaxonna furieusement et la Volvo S40, derrière, dut mordre sur le marquage au sol en flirtant dangereusement avec la glissière de sécurité.

Il n'y avait plus aucun doute.

Et l'autre, dans la Volvo, devait savoir qu'elle savait.

Si la filature devait se transformer en course-poursuite, c'était maintenant. Christine ouvrit la boîte à gants, en sortit son Sig Sauer et le posa sur le siège passager, du même vert pénible que la carrosserie. Elle prit un peu au hasard des départementales qui traversaient de loin en loin des villages aux maisons où les briques se mélangeaient aux colombages, indiquant bien que l'on était dans cette région floue qui hésite entre la Normandie et la Picardie.

La Volvo lui courait toujours au train. Deux ou trois fois, elle aurait pu remonter à son niveau et ouvrir le feu. Cela rassura un peu Christine.

Un peu seulement.

Elle commençait à avoir sa petite idée. Le jeu du chat et de la souris à travers la campagne continua encore jusqu'à ce que Christine oblique dans un chemin forestier, avance d'une dizaine de mètres et coupe le contact, les yeux fixés sur son rétroviseur, la main sur la crosse du Sig Sauer.

La Volvo pointa son museau, s'approcha et s'arrêta à son tour.

À l'intérieur, un homme seul, assez jeune. Deux minutes, interminables, passèrent avant qu'il ne descende, les mains légèrement relevées, bien en évidence. Le genre de signe qui voulait dire « Mes intentions sont pacifiques » mais qui n'empêcherait pas le type, s'il était bien entraîné, de dégainer une arme éventuelle d'un holster de ceinture et de plomber Christine.

Elle sortit à son tour, le Sig Sauer pointé vers lui.

– Du calme, commissaire Steiner ! Je suis flic. Lieutenant Delvaux, du Renseignement territorial de Rouen.

– Je peux savoir pourquoi vous me collez au cul comme ça ?

Le lieutenant Delvaux avait une allure de gendre idéal, avec sa veste en tweed sur un pantalon chino. Il avait l'air plus embêté qu'autre chose…

– Vous m'avez repéré depuis Rouen, c'est ça ?

– Presque… On ne peut pas dire que vous soyez un champion de la filoche…

– Je suis plutôt un analyste qu'un homme de terrain, pour tout vous dire. C'est votre chef qui a demandé à mon chef de vous filer et si je me faisais repérer de vous transmettre un message. J'étais le seul élément disponible… On est très occupés, à Rouen, en ce moment…

Il avait l'air sincèrement désolé.

Christine aurait dû s'en douter. Elle n'avait pas du tout convaincu le Grand Patron. Il la connaissait trop pour ça. Elle n'était pas du genre à avoir des vapeurs sur une scène de crime, même dans la période difficile qu'elle traversait. Sans compter qu'elle avait fait sa crise de panique alors qu'on venait d'assassiner un ancien de l'extrême gauche allemande et que sa mère, récemment suicidée, venait du même pays et était de la même génération que Torsten Meyer.

– C'est quoi le message ?

– Votre chef vous fait savoir qu'il n'aura aucune pitié si vous faites à nouveau une connerie. Il tient aussi à vous faire savoir que les tout derniers développements de l'affaire de Lyon, après une rafle dans les milieux identitaires, sembleraient indiquer une connexion entre des Français et des Allemands qui ont prévu de s'entraider, dans chaque pays, pour dégommer des personnalités d'extrême gauche. Et que dans ces milieux-là, depuis la mort de Boulinier, vous n'êtes pas franchement populaire, voire que vous êtes devenue une cible potentielle. Que vous feriez mieux de rentrer pour faire avec lui le point sur ce qui se passe réellement…

– C'est tout ?

– C'est déjà pas mal.

– Vous deviez rendre compte régulièrement de votre filature, je présume ?

– Oui, j'ai dit que vous m'aviez repéré et que j'allais donc entrer en contact avec vous.

– Donnez-moi votre portable et votre flingue.

– Pas question… De toute façon, vous ne tireriez pas sur un collègue…

– C'est vrai, dit Christine Steiner en s'approchant du lieutenant Delvaux et en cassant son joli nez d'un coup de crosse du Sig Sauer.

– Vous êtes dingue ! Ça fait atrocement mal.

Delvaux était à genoux dans l'humus couvert de feuilles, les deux mains sur son nez avec du sang qui filtrait déjà entre ses doigts. Il allait salir son beau chino.

Elle le délesta de son flingue et de son smartphone. Elle écrasa ce dernier à coups de talon, retira le chargeur de l'arme et le jeta dans le sous-bois. Puis elle sortit un couteau suisse de son blouson et alla crever les quatre pneus de la Volvo.

– Putain, vous êtes vache, commissaire Steiner. On est au milieu de nulle part, là… Vous voulez gagner du temps, c'est ça ?

– Vous avez tout compris, lieutenant Delvaux, un peu tard, mais vous avez tout compris.

Au loin, on entendit un clocher sonner midi…

Elle avait largement le temps d'arriver à Leipzig cette nuit.

***

L'espace Schengen a cet avantage, qui est un cauchemar pour l'antiterrorisme, que les frontières n'existent plus. Les kilomètres défilèrent sans encombre. La radio de l'Opel Mokka laissa entendre, le long de cette route hypnotique, des informations sur les désordres du monde, et quand les informations furent débitées en flamand puis en allemand, il y eut de la musique, essentiellement du rock des *seventies*, de la variété des *eighties*, de la techno des *nineties* dont le rythme hypnotique s'accordait plutôt bien avec le décor industriel de la Ruhr le soir.

Elle s'arrêta plusieurs fois sur des aires d'autoroute pour faire le plein de la Mokka dont la couleur était encore plus moche sous les néons, pour boire des cafés corrects en France, encore potables en Flandres, et franchement aqueux en Allemagne. Elle n'aurait pas craché sur un rail de coke. Mais bon. Il fallait faire sans.

Il y eut un ralentissement à cause de travaux du côté de Dortmund. Une bonne heure à rouler au pas. C'était dommage, elle avait eu jusque-là, à l'exception du café, une excellente opinion des autoroutes allemandes au point qu'elle y avait vu la métaphore de ce que devrait être une existence : propre, droite et sans limitation de vitesse.

Elle en profita pour étudier un peu l'ordinateur de bord dernier modèle de la Mokka. Elle consulta le plan de Leipzig, repéra l'adresse de Sonne, puis le hameau en cours de destruction, près de la gravière, à une vingtaine de kilomètres, au sud-est de l'agglomération.

Christine fit le pari que c'était là qu'il se trouvait : il avait jugé bon de twitter sur l'endroit la veille encore, sans préciser que c'était chez lui parce qu'il devait rester dans son cerveau sénile encore un peu de prudence.

Il était minuit, il restait encore un peu plus de trois cents bornes jusqu'à Leipzig.

Et elle était toujours aussi étrangement sereine à l'idée de tuer son père.

***

Christine, malgré l'ordinateur de bord, se perdit dans les environs de Leipzig.

Je commence à être crevée, pensa-t-elle, j'aurais dû faire une bonne nuit dans un hôtel et attendre demain soir. Elle aurait donné n'importe quoi pour une douche, un café – un vrai café – et une ligne de coke. Elle ressentait une forme de manque, celle d'une explosion glacée dans ses sinus puis dans tous ses neurones qui rendaient soudain les contours des choses, des êtres et des idées d'une précision parfaite. Mais là, elle était paumée au cœur de l'Allemagne, et sa cinquantaine commençait à lui peser sur les épaules.

Il était près de 2 heures du matin quand elle trouva enfin la bonne route ; celle-ci traversait une forêt, avec de temps à autre des maisons regroupées et de rares lumières allumées. Les maisons se raréfièrent bientôt et il fallut trois tentatives avant qu'elle ne découvre une voie d'accès qui était la bonne et ne se terminait pas par un cul-de-sac végétal.

La nuit était relativement claire, grâce à une lune presque pleine. Éteignant les phares de son Opel Mokka, elle vit trois petites maisons à un étage, séparées par des haies et disposées comme sur les vues de Google Maps et la photo du dernier tweet de Sonne.

Elle descendit.

Elle eut l'impression, sur sa gauche, de voir deux silhouettes furtives, mais non, elle était fatiguée, et sa fatigue émoussait les angles plus aigus de sa rage. Elle était à la limite de s'interroger sur le sens à donner à tout ça. Puis elle pensa au visage de sa mère, mal reconstitué par les pompes funèbres, après qu'elle s'était jetée de sa fenêtre.

Et sa détermination revint.

Une lumière apparut quelques minutes plus tard dans une des trois maisons, comme si on venait d'y entrer. Peut-être que, finalement, elle n'avait pas tort à propos des deux silhouettes. Mais qu'auraient fait Wolfgang Sonne et une éventuelle compagne en plein milieu de la nuit ? Les vieux sont insomniaques, peut-être une promenade nocturne avant de rentrer se coucher, effrayés par son arrivée. Même si Sonne ne lui faisait pas l'effet d'un homme facilement impressionnable.

À bien y regarder, d'ailleurs, au moins une des deux autres maisons semblait désertée depuis un certain temps et sur le sol de la voie d'accès, il y avait des ornières profondes, sans doute provoquées par des camions de déménagement.

La colère de Sonne dans son tweet contre les écolos, c'était ça. Ils étaient les derniers occupants de ce qui restait d'un ancien lotissement. Ils allaient devoir déménager à cause de l'extension de la gravière. Ça les contrariait vivement, ces vieux gauchistes embourgeoisés.

Mais pour Christine, c'était le rêve.

Elle allait pouvoir se faire Sonne tranquillement.

Et s'il n'était pas seul mais en compagnie d'une femme, tant pis pour elle. Si ça se trouve, c'était celle qui avait succédé à sa mère dans le cœur volage de son père.

Elle se dirigea vers la maison.

***

Les événements s'enchaînèrent ensuite avec une rapidité qui déconcerta la commissaire Christine Steiner pourtant habituée aux situations de crise. Elle eut l'impression de plonger dans un univers parallèle.

D'abord, il y eut la porte qu'elle projeta contre Sonne après lui avoir fait perdre ses nerfs par une technique éprouvée, le toc-toc obstiné sur la porte d'entrée…

Ensuite, il y eut cet homme bousculé, et la femme aux cheveux gris mais à la silhouette encore juvénile, derrière lui.

Elle ne reconnut pas sa propre voix quand elle lui dit qu'elle était sa fille alors qu'elle lui braquait l'arme sur le front.

Elle sentit des larmes monter.

Elle ne pouvait pas.

Merde, elle ne pouvait pas.

Ils étaient là, et ils avaient l'air si fragiles dans leurs vieilles fringues noires. Penser à sa mère. Penser à Petra dans la chapelle ardente, dans son cercueil, avant qu'on ne le referme. Les lèvres pincées, le teint jaunâtre, l'orbite gauche pas tout à fait symétrique malgré le boulot des thanatopracteurs.

La haine revint.

Elle allait le tuer.

C'est alors qu'une première balle fit exploser la vitre de la cuisine, puis une seconde.

Ses réflexes jouèrent comme ceux de la femme aux cheveux gris. Wolfgang fut un peu plus lent. D'abord, elle éteignit la lumière de la cuisine.

– C'est quoi ce bordel ? chuchota-t-elle.

Elle vit Wolfgang froncer les sourcils. Le mot bordel devait lui poser un problème linguistique.

– Il n'y a pas que toi à me vouloir du mal, on dirait…, fit-il.

Tout s'enchaîna dans l'esprit de Christine.

Le ou les assaillants étaient très probablement ce fameux escadron de la mort qui avait envoyé un tueur pour en finir avec Torsten Meyer à Lyon.

Une troisième balle siffla dans la cuisine et termina sa course dans une horloge ronde qui devait dater des années 1970. La balle était passée par la porte d'entrée qui était restée ouverte.

– Torsten Meyer, ça te dit quelque chose ?

Sonne acquiesça :

– Oui, c'est loin… si loin…

– Comme Petra Steiner ?

– Je ne vois pas le rapport.

– Moi, si : Torsten Meyer a été assassiné dans la nuit de vendredi à samedi dernier à Lyon. Et Petra Steiner s'est suicidée il y a deux mois après avoir reçu un e-mail de toi après plus de cinquante ans… Je m'appelle Christine Steiner, à propos…

Elle vit, à la lumière blême de la lune qui éclairait la cuisine, qu'il accusait le coup.

Elle s'aperçut aussi que la femme aux cheveux gris essayait de suivre la conversation mais son français devait être moins bon que celui de son compagnon. Elle lui demanda d'ailleurs en allemand ce qu'il racontait. Il répondit et Christine comprit qu'elle s'appelait Elke.

– On fait quoi, maintenant ? demanda d'une voix éteinte Wolfgang Sonne.

– Tu pourrais appeler les flics ?

Sonne hésita, gêné.

– Je préférerais pas… J'ai… On a des armes en fait, Elke et moi. Deux pistolets. Je me les suis procurés de manière pas très légale. Si les flics les trouvent, je vais avoir de gros problèmes.

– Des problèmes plus gros que de te faire tuer, toi et cette Elke, par les types dehors ?

– Les flics, je suis toujours dans leur… comment vous dites en français… dans leur collimateur ? Ils ne me rateront pas. Je finirai mes jours en taule. Je préfère mourir sous les balles des fascistes, ou de ma propre fille…

– Mais nom de Dieu, c'est pas vrai ! Même au seuil de la mort, il faut que tu en fasses des tonnes ! C'est… c'est pitoyable.

– Appelle-les, toi, Christine, alors…

– Je n'ai plus de portable. Je ne voulais pas qu'on me repère en venant ici.

Wolfgang Sonne eut un rire amer.

– Ça y est, j'ai compris. Si tu m'as retrouvé si vite, c'est que tu es un… flic ! Non, mais c'est trop drôle, ma fille est devenue flic ! Et tu es venue régler ton Œdipe au fin fond de l'Allemagne…

– Ta gueule, Wolfgang.

Il se tut.

On entendit des pas s'approcher de la maison.

Vers la porte de l'entrée.

Une silhouette se découpa dans l'encadrement. Treillis noir, cagoule noire, rangers noires, aucun signe distinctif. Seulement, à la main, une arme de poing, prolongée par un silencieux.

Imprudent, le bonhomme, pensa Christine. Sous prétexte qu'il n'y avait pas eu de riposte, il venait finir le travail.

Christine roula sur elle-même et tira une seule balle. Entre les deux yeux bien soulignés par la cagoule. Elle se redressa, courut vers la porte, ramassa l'arme du type, repoussa le corps du pied et referma la porte alors qu'une volée de balles s'abattait sur la maison, brisant des vitres, faisant sauter des tuiles.

Au moins trois tireurs.

C'était un siège.

Elle revint dans la cuisine en rampant.

Elle vit que Elke et Wolfgang avaient chacun un flingue à la main.

Les armes illégales. Des vieux Walther, sembla-t-il à Christine.

– Écoute-moi, Wolfgang, écoute-moi bien. On a un peu de temps, là, avant qu'ils ne donnent l'assaut. Alors, il va falloir me parler, me raconter. Tout. Je veux tout savoir.

Elle mit sa main dans la poche intérieure de son blouson, en sortit la photo de 1969.

– Et si tu commençais par cette photo ? Si tu es assez convaincant et qu'on repousse les fachos, peut-être que je ne te tuerai pas à la fin…

# Chapitre 6

Cette femme savait ce qu'elle faisait.

Il fallait la voir loger une balle dans la tête de ce type.

Le pousser par la porte en quelques mouvements.

La refermer sans se découvrir.

Elle avait raconté un tas de conneries. La fille de Petra ? Ici, dans les environs de Leipzig ? Et à sa recherche en plus !

Et puis pourquoi pas, pensa-t-il en attrapant le flingue caché sous son blouson. Et dire que ces machins n'auraient jamais dû se trouver dans la maison ! Il vit Elke faire des mouvements de tête incrédules quand une rafale de tirs éclata.

Concentre-toi, s'exhorta-t-il d'une voix atone. Elke pointait un endroit derrière elle.

Une nouvelle rafale. Que voulait lui dire Elke par ces gestes ?

Concentre-toi. Il y avait trois ou quatre types là, à l'extérieur. Enfin… trois ou quatre types qui tiraient, qui étaient armés.

Mais bien sûr ! Elke pensait aux Röder, les voisins. Merde. Ils étaient encore dans la maison à côté.

Concentre-toi. Cette femme se dirigeait vers eux en rampant.

Concentre-toi. Il y avait eu les éclats de verre. Quelques balles étaient venues se loger dans les murs de la maison. Mais il avait aussi entendu des tuiles sauter.

C'était tout sauf des professionnels.

La femme se mit à lui parler.

Mais si ce n'étaient pas des professionnels, qu'est-ce que ça signifiait ?

– Écoute-moi, Wolfgang, fit-elle.

Mais il voulait se concentrer. S'ils n'étaient pas des pros et qu'ils décanillaient même les tuiles…

– Écoute-moi bien, Wolfgang.

Mais il écoutait, merde ! Dehors, ça ne tirait plus. C'était peut-être bon signe. Ou pas.

La femme lui dit qu'elle voulait parler. Qu'elle voulait tout savoir. Mais elle savait déjà tout. Sinon, elle ne serait pas là.

Cette femme a un nom. Christine.

Était-ce bon signe que les tirs aient cessé ? Où se cachaient les assaillants ?

Et elle est ta fille. Non, impossible.

Impossible ?

S'ils ne tiraient plus, c'était sans doute qu'ils faisaient le tour de la maison. Wolfgang marcha à quatre pattes jusqu'à la petite fenêtre près de la porte d'entrée. Là, il s'accroupit très prudemment – douleur dans le genou droit oblige –, jeta un coup d'œil à l'extérieur, leva l'arme dont il ne connaissait pas l'histoire et envoya un coup de feu entre les arbres, à hauteur de poitrine. Quoi qu'ils fassent, quoi qu'ils planifient, ils devaient comprendre qu'ils avaient affaire à des gens qui étaient habitués à se défendre.

Putain, le genou lui faisait sacrément mal. Il repartait dans l'autre sens, quand un coup de feu retentit. La balle s'enfonça dans le mur qui séparait le couloir et la cuisine avec un vigoureux *boup*.

Ils étaient toujours planqués entre les arbres.

Eux. Mais qui au juste ? Qui Elke avait-elle bien pu apercevoir à la lisière de la forêt ?

Elle aussi s'était accroupie. Pour Elke, c'était facile.

Christine continuait de parler quand, en se déplaçant, il pressa doucement l'épaule d'Elke. Reste attentive.

– Tiens.

Christine sortit quelque chose de la poche de son blouson. Elle parlait et il entendait. Mais il n'écoutait pas, car il guettait autre chose, une réaction de l'extérieur.

Il comprit quand même. Elle voulait qu'il regarde. Et elle parlait de le tuer. N'importe quoi ! C'étaient eux, là dehors, qui étaient venus pour ça.

Même dans la pénombre, Wolfgang vit que c'était une photo. Elle n'espérait quand même pas qu'il la regarde maintenant ?

– Nous devons les avertir, dit Elke.

Ça aussi, c'était n'importe quoi. Qu'est-ce qu'elle racontait ? Il y avait eu des coups de feu. Inutile d'avertir qui que ce soit. Les parents faisaient sûrement déjà un bouclier de leurs corps pour protéger leurs enfants. Ou bien ils les avaient cachés dans une armoire. Surtout ne bougez pas. Il ne va rien vous arriver. Papa et maman ont la situation sous contrôle.

Christine était maintenant accroupie à côté de lui. Évidemment, c'était facile pour elle aussi. Quel âge avait-elle ?

Cinquante ans ?

Cinquante et des poussières. Encore jeune.

Même à cette distance, il avait du mal à distinguer quoi que ce soit.

La fille de Petra ? Petra était morte. Pour peu que ce soit vrai.

Ça devait être vrai. La détermination de Christine le prouvait. Autrement, elle ne se serait jamais pointée comme ça.

En plus, elle connaissait Meyer. Et maintenant elle lui collait la photo juste sous le nez. Pourquoi était-ce si important pour elle ?

Des taches. Des silhouettes. Des ombres. Une rafale.

Elke se jeta à terre, leva la main en même temps et lança :

– Tout va bien.

L'intelligence d'Elke.

Auraient-ils assez de munitions ?

– Là, insista Christine. Regarde, bon sang.

Dans une main la photo, dans l'autre son arme.

Il laissa échapper un soupir. Un aveugle qui se résigne. Il avança très légèrement la tête.

Alors elle comprit. Il ne voyait rien. « Toi », dit Christine.

Puis : « Petra. »

Puis : « Moi. »

Elle pointa son arme sur la photo et répéta : « Toi. »

En effet, Petra et lui.

Et l'enfant. C'était sûrement Meyer qui l'avait prise. Voyant que Wolfgang avait pigé, Christine rempocha la photo.

Elke se redressa prudemment. Il était bien content qu'ils aient pris le temps de regarder les armes de plus près. Le flingue dans la main, Elke avait tout de suite semblé sûre d'elle. Une main ferme. La fascination secrète de la professeure de yoga.

Ils s'étaient entraînés à tirer sur des piles de vieux papiers. Loin de tout. Pas de bruit. Et après, c'était plus facile pour récupérer toutes les balles.

Wolfgang tendit l'oreille tandis qu'Elke s'approchait d'eux. Ils formèrent un triangle. Un conseil de guerre.

Mais personne ne parla.

Wolfgang ouvrait toujours l'oreille. Il n'entendait rien. Si ce n'était le léger sifflement qui l'accompagnait en permanence depuis dix ans et qui se superposait à tout ce qu'il se passait à l'extérieur. La nuit, quand il ne trouvait pas le sommeil, il lui arrivait d'entendre un animal. Mais toutes les créatures qui vivaient ici avaient détalé depuis longtemps, avant même les premiers coups de feu.

Il vit qu'Elke parlait avant de comprendre ce qu'elle disait : « … faire quelque chose. »

Il avait dû faire un mouvement étrange, car elle sembla se répéter. « Nous devons faire quelque chose. » Elle articulait très lentement. De quoi se sentir une fois pour toutes comme un vieillard. Bien sûr qu'ils devaient faire quelque chose. C'était une évidence.

Christine avait-elle compris ? Elle hochait la tête.

« Oui… » Elle désigna d'abord le devant de la maison avec la porte d'entrée, puis simultanément les deux côtés qui donnaient sur les maisons voisines.

– Nous devons sécuriser le périmètre depuis les fenêtres. Tous les trois.

Wolfgang traduisit.

Elke acquiesça d'abord de la tête, puis eut un geste de désaccord.

– *Ich gehe raus*, dit-elle doucement.

– *Raus ?* Dehors ?

Christine avait compris.

Elke dessina un cercle dans l'air avec son arme, partant de la porte de derrière jusqu'à l'avant où étaient postés les autres.

Christine demeura silencieuse.

Elke désigna ses vêtements noirs. Si elle s'y prenait habilement, ils ne la remarqueraient pas.

Wolfgang était trop lent pour l'arrêter. Christine la laissa faire. Quand la porte du jardin se fut refermée, elle prit une grande inspiration.

– Si on se tire de cette affaire sains et saufs…

Un coup de feu retentit.

Wolfgang se leva d'un bond et courut vers la fenêtre latérale, encore intacte. Elke était postée au coin de la maison des Röder et regardait dans la direction des tireurs. Puis elle tourna les talons et continua son chemin.

– *Si* on se tire de cette affaire sains et saufs ! reprit Christine. Poste-toi à côté de la porte d'entrée, ordonna-t-elle, j'essaie de garder un œil sur les deux côtés.

Pendant un instant il crut qu'elle l'envoyait près de la porte d'entrée pour ne pas avoir à lui régler son compte elle-même. Mais ensuite il se dit qu'elle bougeait mieux et plus vite que lui.

C'était une stratège. Sans l'ombre d'un doute.

Sa fille.

***

Comme c'était inhabituel d'avoir ce machin à la main ! Il laissa pendre son bras le long du corps pour sentir le poids de l'arme et regarda dehors.

En parcourant des yeux la brisure de la vitre, il tenta de se détendre pour être réceptif à tout.

Dans le passé, ils s'étaient servis d'armes à feu. Mais le passé était le passé. Que ne fait-on pas pendant ces années où l'on a encore les jambes pour courir ?

Maintenant il voyait clairement le chemin qui coupait entre les arbres et menait jusqu'à la route. Il n'y avait personne dans les parages.

Tirer était une chose, ça, ils l'avaient tous déjà compris à l'époque. Mais ensuite, il fallait réussir à s'échapper. Après s'être procuré de l'argent par exemple ou après avoir fait des choses bien plus délicates. Heureusement, il était toujours passé au travers. Pareil pour la taule.

S'ils n'étaient pas sur le chemin, dont il distinguait désormais clairement les dix ou vingt premiers mètres, alors ils devaient se cacher derrière les arbres. Pourtant, les troncs n'étaient pas bien gros. Ou bien s'étaient-ils déjà mis en route pour atteindre l'arrière des trois maisons ? Où pouvait bien se trouver Elke ?

À présent, eux aussi devaient se tirer de cette situation. Et ça, c'était une autre paire de manches.

D'où venait cette lumière éparse ? Plus il scrutait les bois, plus les contours se précisaient. La lune devait être quelque part derrière eux, pas très efficace. Il y avait quelques étoiles. Sûrement aussi les reflets des lumières artificielles. Mais les maisons étaient plongées dans l'obscurité.

Là ! N'étaient-ce pas l'épaule et le bras de quelqu'un ? Qui étaient ces types ?

Oui ! Ça bougeait. Il discerna un torse et une tête. *Il* bougeait, se corrigea Wolfgang. Car c'était sûrement un homme. Jeune. Et si c'étaient les types qui avaient dégommé Meyer… ? Étaient-ils si organisés ? Il sentit avec effroi la chair de poule descendre le long de son dos.

Maintenant, l'homme était bien visible. Une silhouette sombre. À peine plus.

Les pas rapides de Christine derrière lui. Elle avait couru d'une fenêtre à l'autre. Il l'entendit l'ouvrir. C'était la plus près de la porte d'entrée, non cachée par l'avancée du mur. Du côté où elle avait garé sa voiture. Comme c'était étrange. Avec tous les coups de feu qu'il y avait eus, il n'en avait pas entendu un seul toucher l'une des deux bagnoles.

Maintenant, Christine devait se tenir pile au bon endroit pour lui envoyer aisément une balle derrière la tête.

– C'était normal à l'époque, dit-il à voix basse.

La silhouette se retourna. Christine pouvait-elle également la voir de là où elle se trouvait ? Où était donc Elke ?

– Qu'est-ce qui était normal ?

Christine prononça le mot à la française en appuyant sur la deuxième syllabe avec indignation. Elle n'allait pas tarder à lever l'arme et le dézinguer.

– Normal..., répéta-t-il.

Ou bien la singeait-il ?

Là. Un autre type.

Au moins, elle n'avait pas tiré.

Wolfgang pivota de manière à pouvoir tendre son bras. En revanche, lui allait le faire. Il visa la première silhouette qu'il avait vue. La voiture dans laquelle Christine était arrivée lui servait de repère pour stabiliser son bras.

Prends ton temps. Garde ton calme. Christine ne disait pas un mot. Elle le surveillait sûrement. Indignée, mais impressionnée.

Sa fille.

Ça y est, son bras était stable. Autrefois ils ne faisaient pas ça. Pas comme ça. Tout s'était fait dans une précipitation bruyante à l'époque. Chaque fois qu'ils devaient prendre la fuite.

Au bout de son bras, le gars.

Un léger mouvement.

Inspirer.

Appuyer sur la gâchette.

Avec le recul, l'homme sortit de son champ de vision. Mais il était sûr d'avoir vu l'effet produit par la balle. L'impact, pas la chute.

– Tu l'as eu ? chuchota Christine, juste derrière lui.

– Je pense que oui.

Dehors, ça piétinait et ça courait. Ses oreilles étaient encore à la recherche d'impressions plus précises.

– C'étaient les pas de trois personnes.

Christine se trouvait maintenant à sa hauteur, un peu de biais.

– Que fait ta femme ?

– Ma copine, se hâta de préciser Wolfgang à voix basse, et il eut immédiatement honte de lui-même.

On entendit crisser et craquer le sol de la forêt.

C'était un réflexe, l'habitude de bien faire comprendre aux bourgeois qu'on n'était pas marié. Mais que voulait-il apprendre à la policière à ses côtés ? Que politiquement, il avait une longueur d'avance sur elle ?

Ils en avaient parlé, Elke et lui. De se marier. Le jour où il allait tirer sa révérence, c'est elle qui devait toucher les *royalties* de ses livres, pas Herbert, son plus jeune frère. Cet enfoiré.

Wolfgang aussi aurait aimé savoir ce que faisait Elke.

Elle doit se planquer quelque part et les observer.

– Et ensuite ?

– Ensuite elle reviendra.

– Est-ce qu'elle va réussir ?

Il hocha la tête. Puis ajouta un « oui ». Bien sûr qu'elle réussirait. Elke réussissait tout.

Le coup de feu les effraya tous les deux. En sursautant, Wolfgang bougea de quelques centimètres. Au même moment, Christine fit un minuscule pas dans sa direction.

À l'instant même où ils se touchèrent, épaule contre épaule, ils eurent un deuxième sursaut.

Des regards irrités dans l'obscurité. Elle bondit presque pour s'éloigner de lui.

Dehors, des gémissements.

– *Elké ?* demanda Christine d'une voix rauque.

Les gémissements se transformèrent en cris. Leur fréquence augmentait.

Un corps fut traîné sur le sol de la forêt. Puis le silence revint.

– Elle a dû en descendre un, répondit-il.

– Alors, qu'est-ce qui était normal ? reprit Christine.

Que pouvait-il bien dire à ce sujet ? Les femmes s'occupaient des enfants, voilà tout. À l'époque, les discussions autour de ces questions n'étaient pas les mêmes. Et Petra avec ce petit paquet… Ce n'était pas comme s'il n'avait pas ressenti une certaine fierté. Ils s'étaient aimés. Physiquement aussi. Et puis ce bébé leur était tombé dessus.

Mais il n'avait guère ressenti plus que la fierté de faire partie d'une expérience biologique. Et ensuite, quand il avait rencontré Rosi, cette expérience était restée celle de Petra mais n'avait plus fait partie de la sienne. Il raconta l'histoire en quelques mots.

– Et puis il a fallu qu'on parte, conclut-il.

– Qui ?

– Eh bien, nous tous.

Il attendit la question suivante. Dehors, c'était calme. Comme dans un cimetière.

Puis en quelques phrases, il lui parla de Brigitte. Ils vivaient ensemble quand le mur était tombé. Avec leurs deux enfants. Il avait été un bon père pour eux. Aujourd'hui encore, ils venaient lui demander conseil.

Les réactions de Christine, sa bouche pincée, sa mâchoire serrée, ne laissaient aucun doute : ce n'était pas le genre d'histoire qu'elle voulait entendre. Alors il arrêta.

Pour la première fois, il se demanda pourquoi les Röder n'avaient pas appelé la police. Ils devaient bien avoir peur pour leurs enfants. Ils devaient bien songer aux flics. Il fallait s'attendre à ce qu'ils débarquent. Alors au moins ce cauchemar serait terminé.

Un autre coup de feu retentit. Wolfgang sentit ses entrailles se contracter. Avaient-ils eu Elke ?

Puis un deuxième. Quelque chose se brisa. Un bref éclat de lumière illumina les arbres par-derrière, à peine une seconde.

Loin. Assez loin. En tout cas derrière la forêt.

Qui tirait ?

Sur qui tirait-on ?

Christine respirait lourdement. Elle fit un signe de tête vers l'extérieur et haussa brièvement les épaules.

– Ton histoire est nulle, dit-elle.

À l'arrière de la maison, on entendit des pas feutrés. Wolfgang sut immédiatement que c'était Elke. Elle entra par la porte de derrière et faillit crier.

– Les flics sont là.

***

Cachée derrière la cloison entre le couloir et la cuisine, Elke pointait son doigt dans la direction où se trouvaient les assaillants. Elle ne montrait rien de précis, elle indiquait plutôt les environs en dessinant un cercle de sa main.

– J'en ai vu trois, fit-elle en marquant des points du doigt. Cachés dans les arbres.

– Avant le premier tir ?

Pour être sûr qu'Elke comprenne, Wolfgang traduisit la question de Christine.

– C'était après, répondit Elke. Une fois que je m'étais frayée un chemin jusqu'à la route.

– Alors ils sont…

Wolfgang réfléchissait.

– Il y en a au moins cinq, fit Christine.

– … Oui, au moins, *mindestens fünf*, reprit Wolfgang. Celui que tu as achevé tout au début. Puis l'autre que j'ai eu par la fenêtre. Et…

Il se tourna vers Elke.

– Je suis certaine de l'avoir touché, dit-elle, on l'a tous entendu.

– Voilà pour ceux dont nous sommes sûrs.

Wolfgang se détourna et scruta le gris de la nuit. Le bosquet se dressait devant lui, un léger vent balayait les cimes des arbres et, très haut dans le ciel, on entendait passer un avion. Un oiseau de nuit émit un son aigu. Tout était comme d'habitude. Sauf qu'ils savaient que ce n'était pas vrai.

– Il y en avait deux autres dans la voiture de police, je l'ai vu distinctement.

Elke mima la scène en s'aidant de ses deux mains. L'une symbolisait la voiture de police. L'autre le faisceau des phares d'une voiture qui était derrière.

– Ils n'ont pas dû faire exprès, ajouta-t-elle, cette histoire avec les phares.

Wolfgang traduisit pour Christine, qui eut un mouvement de tête étonné, et exprima à voix haute les interrogations que Wolfgang essayait encore de formuler pour lui-même.

– Mais comment c'est possible ! souffla-t-elle. C'est la voiture de police qui doit être derrière.

– Tu n'as rien vu en passant derrière la maison des Röder ?

Petit à petit, Wolfgang réussit à mettre des mots sur ses interrogations.

– Rien du tout. (Elke haussa les épaules.) J'ai regardé par les fenêtres et... tout était noir. Mais leur voiture était là.

– Ils auront bien appelé la police.

Wolfgang songea que Christine devait dire ça. Bien sûr qu'ils avaient appelé les flics. Cela avait été leur toute première réaction, au premier coup de feu. Ensuite, ils avaient emmené les enfants à l'étage pour les cacher sous le lit. Ne faites aucun bruit. Voilà ce qu'ils avaient dû dire. N'ayez pas peur.

Nous sommes là. Le genre de choses que disent les parents dans une situation qui leur échappe.

Qui leur échappe complètement.

Non, c'était sûrement l'inverse. D'abord les enfants, ensuite le coup de fil.

« Quoi ? – Où ça ? – Près de la gravière ? – Très bien, on vous envoie une patrouille. » Cela avait dû être, à peu de chose près, la réaction du standard de la police. Quelqu'un aura pensé à des jeux d'enfants. Non, bien sûr que non. Les enfants n'avaient pas d'armes. Plutôt des fous. Des nazis. Peu importe. Et alors ? Aucune importance. Des coups de feu à la gravière, ce n'était pas important. Et puis…

– Qu'est-ce qu'il y a ?

Le regard d'Elke allait et venait entre Christine et lui.

Le bruit qui lui échappa ressemblait presque à un rire. Parce qu'il avait pigé. Et parce qu'il voyait que sa policière de fille comprenait exactement de quoi il retournait.

– Oui, ils ont bien appelé la police.

Ça, c'était pour Christine.

– Et sais-tu ce qu'il s'est passé ?

Ça, c'était pour Elke. Inutile d'expliquer quoi que ce soit de plus à sa fille.

– Ils ont demandé qui était dans le coin, et quelqu'un dans sa voiture de patrouille a dit : « Pas de problème, on s'en occupe. » Parce qu'en effet, ils étaient tout près. Ils étaient déjà là.

Wolfgang voyait Elke serrer ses bras autour de son corps. Elle avait soudain froid. Un geste familier dans une situation peu familière.

– Ah, fit-elle en laissant traîner la voyelle pendant quelques secondes. Alors ils étaient là depuis le début. Pas vrai ?

Christine regarda Elke qui cherchait ses mots. Puis lui. Puis elle se baissa et s'accroupit sous la fenêtre éclatée.

– Les voisins ne sont pas en danger, dit-elle. C'est nous qu'ils veulent, c'est toi qu'ils veulent. Ou bien… vous deux.

– S'attendaient-ils à ce qu'on résiste ?

Wolfgang s'accroupit près d'elle. Son genou droit craqua, ça faisait un mal de chien.

– Pas vraiment. Ils pensaient qu'ils allaient expédier tout ça. Le gars qui s'est pointé à la porte…

– Il pensait nous achever vite fait bien fait avant de retourner à sa bière. Entouré de ses potes.

– Fini les bières pour lui.

Christine sortit l'arme de son holster. Puis elle le regarda, avant de se retourner vers Elke.

– La seule question qui se pose maintenant, c'est de savoir ce qu'on fait ?

– Rappeler les flics ? proposa Elke.

– Pas question.

Wolfgang marcha vers elle à quatre pattes. Il fallait à tout prix qu'il se lève s'il voulait continuer à se servir de ses genoux.

– Je n'appellerai pas les flics. D'ailleurs, nous en avons déjà un à la maison.

– Alors, qu'est-ce qu'on fait ?

La voix de Christine se fit pressante.

– Quelles sont nos options ? demanda Elke.

– Soit on défend la maison…

Il traduisit cela pour sa fille qui s'était mise à ramper pour les rejoindre derrière la cloison de séparation.

– Si on se répartit bien les rôles, on peut arriver à se défendre de l'intérieur. Je monte, vous deux restez en bas. De cette façon, ils auront du mal à nous coincer.

Christine écouta la traduction en hochant la tête. Mais ce qu'elle dit ensuite était en contradiction avec son geste.

– Ils pourraient essayer de mettre le feu à la maison, déclara-t-elle dans sa langue maternelle.

Un incendie ? Oui, ils pourraient tenter ça, songea Wolfgang.

– Pour ça, il faudrait d'abord qu'ils puissent s'approcher.

– Ou sinon ? demanda Elke.

– Comment ça ? rétorqua-t-il.

– Tu as dit : soit on défend la maison. Il y a donc forcément une suite.

– Soit on sort.

Christine opina de la tête. Ça se passait de traduction. Wolfgang voyait dans ses yeux que c'était ce qu'elle voulait faire. Merde, se dit-il. J'ai 75 ans, je n'arrive plus à bander et je pars à la guerre.

## Chapitre 7

– Non, toi, tu ne sors pas, Wolfgang…, dit Christine. Tu es trop vieux.

Elle lut dans les yeux de son père une sorte d'incompréhension.

– Ne me regarde pas comme ça. Tu vas être un poids mort. Ton genou, ce n'est plus ça, non ? Tu te vois cavaler au milieu d'une fusillade ? Ils vont t'allumer comme à la foire.

– « Allumer comme à la foire » : je ne comprends pas bien l'expression, Christine…

Elle eut un petit rire méchant. Elle reformula :

– Dans ton état physique, je te donne quinze secondes d'espérance de vie, dehors… Tu comprends, là ?

Comme pour confirmer ses propos, trois autres coups de feu éclatèrent dans la nuit.

On entendit le sifflement des balles dans la pénombre de la cuisine. Deux s'écrasèrent dans les murs, une troisième brisa quelque chose en verre, sûrement un des pots à tisane rangés sur l'étagère au-dessus de l'évier.

Christine avait enregistré, de manière absurde, ce détail inutile quand la fusillade s'était déclenchée. Autrefois, il y avait longtemps, un de ses instructeurs à l'école de police lui avait expliqué que c'était une conséquence du flot d'adrénaline quand on était en danger : on photographiait mentalement tous les détails mais on ne hiérarchisait pas.

Christine éprouvait un certain plaisir à balancer sa vieillesse au visage de Sonne.

Il croyait quoi, ce salaud ? Que parce qu'ils se retrouvaient à jouer à Fort Alamo dans un coin paumé de Saxe, ils allaient faire ami-ami, elle et lui ? Qu'elle allait lui tomber dans les bras parce qu'elle avait craqué nerveusement et n'avait pas pu lui tirer une balle dans la tête en arrivant ici ? Que le danger dehors lui suffisait pour oublier tout le reste ? Qu'elle allait se contenter de ses explications foireuses sur une époque différente qui aurait tout excusé. Faire un enfant à une femme ? Abandonner les deux ? En parfaite bonne conscience ? Vraiment ?

Wolfgang Sonne la regarda dans les yeux. Elle en éprouva une émotion qu'elle ne voulait pas, justement, éprouver.

Christine ne sut discerner s'il était vaguement soulagé, accablé ou terrifié. Sans doute un mélange des trois.

Elle appliqua le canon de son Sig Sauer sur le front ridé de l'homme.

– Ne me regarde pas comme ça. Baisse les yeux. Maintenant.

Wolfgang obéit.

***

– Tu ne peux pas sortir seule… C'est de la folie.

C'était la compagne de Wolfgang qui venait de parler en anglais. Elke.

Elle avait fait preuve de courage tout à l'heure : sortir dans la nuit et dégommer très probablement un des salauds, là, dehors, pour une non-professionnelle de son âge, ce n'était pas mal. Et elle en faisait preuve maintenant, encore une fois.

Elke cherchait à détourner la haine de Christine. Christine s'en rendait compte comme elle se rendait compte, au langage corporel d'Elke, qu'elle était prête à se servir de son arme pour sauver son homme. Christine comprit : elle ôta le canon du front de Wolfgang.

– Il n'y a pas d'autre solution, dit-elle. Tu penses que les flics sont dans le coup ?

– En tout cas, il y a une voiture de police dehors, j'en suis certaine…

– Ce serait logique, finalement, dit Christine qui vérifia l'approvisionnement de son Sig Sauer. Quatorze cartouches sur les quinze du chargeur.

– Que veux-tu dire ?

– Si c'est bien, comme je le pense, des dingues d'extrême droite, ils ont des accointances avec certains éléments de la police. C'est partout pareil, en France, comme en Allemagne… Ce que je te conseille, c'est de rester ici aussi. Avec lui. Montez au premier. Placez-vous aux fenêtres de votre chambre et essayez de repérer les tireurs dans le bois.

– Tu vas sortir par-derrière ?

– Non, justement. Je veux qu'ils me tirent dessus. Pour voir où sont les tireurs et combien ils sont ? Tu comprends ?

Elke fit signe que oui.

***

Christine respira à fond quand elle se retrouva seule en bas.

Les deux vieux étaient en haut et venaient d'essuyer des coups de feu.

Elle examina ses options.

Sortir, foncer vers sa bagnole, tenter le passage en force, rouler vers Leipzig, aller dans le premier commissariat et tout balancer. Sa carrière serait foutue, mais ne l'était-elle pas déjà ? Et puis en avait-elle encore quelque chose à foutre de la police ?

Le lieutenant Delvaux avait dû faire son rapport. Le Grand Patron ne lui pardonnerait pas, ce coup-ci. Même au nom de leurs anciennes amours. Ça avait été très sexuel entre eux, à une époque, il était un des meilleurs coups qu'elle eût connus. Mais en avait-elle connu tant que ça ?

Comme le Grand Patron était tout sauf idiot, il avait dû lancer un avis de recherche sur sa pomme, en interne, pour éviter le bordel médiatique. Il avait dû aussi contacter ses homologues du BND. Cela n'avait pas dû être très difficile de remonter à l'Opel Mokka louée à Rouen. On avait dû examiner à la loupe les caméras de surveillance sur les aires des autoroutes qui menaient à l'Allemagne. Elle avait fait gaffe mais s'ils mettaient le paquet, ils la repéreraient d'une manière ou d'une autre. Pour peu qu'ils fassent un lien entre Torsten Meyer et Wolfgang Sonne, qu'ils fouillent dans le passé de sa mère, ils comprendraient assez vite ce qu'elle était partie faire en Allemagne. Ils étaient bons, ses collègues, elle était bien placée pour le savoir.

L'autre possibilité, c'était d'attendre ici. Les vrais flics arriveraient à un moment ou à un autre. Soit parce qu'ils auraient été prévenus de ses intentions. Soit, tout simplement, parce que quelqu'un les aurait avertis que ça tirait dans le coin. Après tout, même dans cette putain de gravière isolée, on n'était tout de même pas dans le désert… Elle se laisserait arrêter, elle n'aurait pas pu se venger de Wolfgang mais il serait bien emmerdé lui aussi.

La consolation était maigre mais c'en était une. Et de toute façon, comme disait l'autre, notre besoin de consolation est impossible à rassasier.

Mais ça, c'était si les flics arrivaient assez vite parce que rien ne disait qu'elle pourrait tenir la maison si les types dehors lançaient un assaut généralisé. Et Christine n'était pas du genre à se laisser massacrer sans rien faire, surtout qu'elle n'aurait peut-être même pas la joie de voir Wolfgang mourir. Le pire, c'est qu'il passerait pour un héros qui aurait résisté à un escadron néonazi. Cet arrogant salaud entrerait dans la légende de toute la jeunesse de gauche.

Merde, sûrement pas.

Elle aurait bien eu besoin d'un rail de coke. Pas pour se donner du courage, mais plutôt pour avoir les idées claires. Faire la part entre sa haine pour Wolfgang et son désir de sortir vivante de ce merdier, par exemple. L'hyperlucidité éphémère provoquée par la cocaïne aurait été une bénédiction. Là, tout était brouillé.

Il était un peu plus de 3 heures du matin.

À peine une grosse demi-heure qu'elle était arrivée dans ce piège à cons. Et dire que ce matin, elle était encore à Rouen… 3 heures du matin, l'heure des insomnies et des sueurs froides, le cœur des néants intimes, les yeux grands ouverts dans l'obscurité avec la sensation déchirante d'avoir toujours été seule au monde.

Elle s'empara de l'arme du premier type qu'elle avait abattu. Un Glock, avec un silencieux qu'elle dévissa parce que ça nuisait à la précision. Le chargeur était encore complet avec ses dix-sept cartouches. Elle glissa l'arme dans sa ceinture. Ça plus le Beretta Nano fixé à sa cheville, le Sig Sauer et son couteau suisse : il faudrait faire avec.

En fait, il n'y avait qu'une seule solution pour ne plus avoir à remâcher des idées noires. Et cette solution, elle la connaissait depuis qu'elle était flic à l'antiterrorisme : agir.

L'arme au poing, elle sortit en hurlant.

***

Les plus surpris furent les deux hommes qui avaient réussi à avancer sans se faire repérer jusqu'à la maison, et qui étaient plaqués de part et d'autre de la porte d'entrée pour s'apprêter à entrer en force.

L'un était en treillis noir et cagoulé.

L'autre avait un uniforme de flic.

Christine effectua plusieurs roulés-boulés tout en tirant avant qu'ils ne réagissent.

Deux balles.

Une première dans l'œil droit du type en uniforme dont l'arrière de la tête vint s'étaler sur le mur.

Une autre dans le ventre de « treillis noir » qui tomba sur les genoux et tenta de lever son arme.

Christine l'acheva d'une troisième balle. La douille éjectée vint lui brûler le visage.

De la lisière du bois, elle entendit des exclamations de stupeur et des ordres qui claquèrent.

Ça recommença à canarder de ce côté-là, mais un peu au hasard parce qu'elle était dans l'angle de l'Opel Mokka.

Elle rampa sur l'herbe rendue humide par la nuit jusqu'à la voiture.

Derrière elle, elle entendait la riposte de Elke et de Wolfgang qui tiraient depuis la chambre du premier.

Elle arriva à la bagnole, une odeur d'humus dans le nez et le jean désagréablement trempé.

Elle passa son bras par-dessus le capot et, sans se découvrir, ouvrit le feu au jugé, cinq ou six fois, avant de plaquer son dos contre le pneu avant, juste derrière le bloc-moteur. C'était encore là qu'elle avait le moins de chance de prendre une balle qui traverserait la bagnole.

Elle commença à sentir le bruit sourd des impacts ébranlant la carrosserie.

Les vitres explosèrent, la couvrant d'éclats dont un, comme par un fait exprès, la blessa au même endroit que la douille brûlante.

Ça la rendit folle de rage et elle riposta de nouveau, en criant, jusqu'à ce que la culasse se bloque.

Plus de munitions.

Mais elle eut la joie sauvage d'entendre un cri de douleur.

Cela n'empêcha pas les tirs en face de reprendre de plus belle.

À un moment, l'Opel Mokka, sans doute fâchée d'être soumise à un tel traitement, déclencha l'autoradio.

Christine, qui abandonnait son Sig Sauer devenu inutile et faisait monter une balle dans le canon du Glock, eut la surprise d'entendre la voix de France Gall qui chantait « Poupée de cire, poupée de son » dans une version allemande.

La voix acidulée de la chanteuse provoqua une brève sidération chez les différents protagonistes tant la mélodie qui s'échappait de la voiture trouée de toutes parts était en profond décalage avec la situation.

Cette étrange accalmie ne dura pas jusqu'à la fin de la chanson.

Christine vit dans le ciel étoilé une traînée lumineuse qui partit des arbres dans une parabole parfaite.

Un cocktail Molotov.

Qui atterrit sur le toit de l'Opel.

Et l'enflamma aussitôt, ce qui eut pour effet de faire taire définitivement France Gall et se redresser Christine. Elle tira à travers les flammes et toucha le lanceur – un autre uniforme de flic –, avant qu'il ait le temps de se remettre à couvert.

Elle ne s'aperçut pas tout de suite que son blouson avait pris feu.

Elle s'en débarrassa en courant et en tirant.

Elle devenait, ce dont elle avait parfaitement conscience, une cible parfaite avec son tee-shirt blanc et la scène éclairée par l'incendie de l'Opel. Elle voulait gagner le pavillon des Röder pour trouver un abri et prendre ce qui restait des assaillants sous un feu croisé avec celui d'Elke et Wolfgang.

Mais Elke et Wolfgang ne tiraient plus. Soit ils étaient morts ou blessés, soit ils n'avaient plus de munitions.

Une première balle entra dans la cuisse de Christine, qui s'écroula sous le choc.

Elle était presque arrivée chez les Röder et elle tira encore vers la lisière mais une autre balle fit sauter le Glock de sa main, lui emportant deux doigts.

Elle se mit à quatre pattes pour vomir.

Pas à cause de son index et de son majeur sur le gravier de l'allée.

Plutôt à cause de la douleur.

Elle ne vomit pas grand-chose, secouée par des spasmes qui lui brûlaient l'œsophage et elle s'avisa qu'elle n'avait rien mangé depuis qu'elle avait quitté Rouen. Juste quelques cafés sans sucre sur des aires d'autoroute.

Elle n'en pouvait plus.

Du sang coulait de sa pommette gauche.

Du sang coulait de sa cuisse.

Des cloques suintaient sur son bras nu brûlé par le cocktail Molotov.

Elle s'attendit à recevoir le coup de grâce.

Elle éprouvait maintenant un mélange d'indifférence et de fatigue.

Tout ça pour ça.

Terminus Leipzig.

Elle s'était attendue, elle l'avait peut-être même inconsciemment espéré, à mourir sur le terrain, un flingue à la main. C'était pour cela qu'elle avait continué, malgré les gueulantes du Grand Patron, à sortir dès qu'elle le pouvait pour accompagner son équipe.

Qu'est-ce qui l'attendait, sinon ?

Vieillir dans son grand appartement sans âme du XIVe arrondissement ?

Relire les polars de Manchette qu'elle avait toujours aimés, regarder des films de la Nouvelle Vague sur son écran plat géant, pleurer comme une conne sur une comédie romantique ?

Aller boire du mauvais mousseux quand elle serait invitée aux pots de départ en retraite des collègues ?

Se rendre aux enterrements ?

Et puis traîner dans les bars, essayer de faire des rencontres et pousser la honte, un soir, jusqu'à payer pour baiser avec un étudiant qui avait du mal à rembourser son prêt ?

Non, sûrement pas…

Mais pas mourir comme ça non plus, quelque part en Saxe, en se faisant buter par des néonazis ou assimilés, alors qu'elle était venue pour tuer un père dont elle avait ignoré l'existence jusqu'au suicide de sa mère.

C'était absurde.

Absurde et dégueulasse.

Son regard se brouillait.

Elle fit un effort surhumain pour se relever.

Autant finir debout.

Elle gémit. Le sang continuait à couler le long de sa cuisse.

Elle hurla vers les arbres :

– Alors vous tirez, bande d'enfoirés ?

Il n'y eut ni réponse, ni coup de feu.

Seulement deux bruits de moteurs distincts.

Les bagnoles partaient.

Les représentants autoproclamés de la race supérieure, les défenseurs de l'Occident blanc se faisaient la malle.

Ils devaient penser qu'ils avaient payé un prix bien trop élevé pour aller dégommer un vieux terroriste des années de plomb. Ou que ça prenait beaucoup trop de temps.

Elle se mit à rire.

À rire dans la nuit, puis à pleurer.

Ce n'était pas pour maintenant, alors…

Elle le regretta presque.

Machinalement, en boitant, elle alla vers le pavillon des Röder.

Sans doute parce qu'il était moins loin. Chaque pas comptait. Elle avait besoin de trouver une trousse de secours pour sa guibolle et sa main. De quoi faire un pansement parce que, manifestement, vu le débit de la plaie de la cuisse, ce n'était pas du sang artériel.

Chaque pas lui tirait des gémissements de douleur.

Elle entendit un coup de feu.

Isolé.

Peut-être venu de la forêt.

Peut-être venu des fenêtres où Elke et Wolfgang étaient postés.

Peut-être venu de la maison des Röder.

Christine ne savait plus.

Tout était trop brouillé dans sa tête envahie par une brume rouge, sans compter ce bourdonnement dans les oreilles.

Elle redoubla néanmoins de prudence en traînant la patte vers le pavillon des Röder, évoluant péniblement en passant d'une flaque d'ombre à une autre flaque d'ombre créées par les arbres. Elle reprit son souffle en s'adossant à un frêne.

Elle attendit un moment. Pour reprendre son souffle. Pour vérifier si le coup de feu isolé qu'elle avait entendu n'allait pas être suivi par d'autres.

Elle comprit que quelque chose n'allait pas quand elle remarqua que la porte d'entrée des Röder avait été forcée.

Elle s'appuya contre le mur, se baissa et saisit le Beretta Nano de la main gauche dans son holster de cheville au bas de sa jambe non blessée.

Ce ne serait pas idéal si elle devait encore tirer mais vu l'état de sa main droite, qu'elle n'osait pas regarder à cause de ses deux doigts manquants, ce ne serait pas du luxe.

Elle entra dans la maison.

La première chose qu'elle vit, ce fut le corps d'un homme égorgé. Son sang avait inondé un tapis. Une lampe avait été renversée.

Elle appela d'une voix faible.

– Il y a quelqu'un ?

Elle monta au premier.

Dans la grande chambre, un autre corps.

Une femme.

Également égorgée, avec ce regard de surprise scandalisée que Christine ne connaissait que trop chez les victimes de mort violente.

Elle passa dans une petite chambre attenante.

Deux autres corps.

Plus petits.

Les enfants. Au milieu des jouets et des crayons de coloriage.

Une grande horreur glacée tomba sur elle.

Le scénario échafaudé par Elke et Wolfgang avait été trop optimiste.

Ces ordures n'avaient pas hésité à éliminer les Röder pour pouvoir tranquillement s'en prendre à Wolfgang. L'égorgement, c'était un moyen délibéré de brouiller les traces, de laisser accuser, au moins dans un premier temps, les islamistes.

La seule chose qu'ils n'avaient pas prévue, c'était sa présence, à elle. Ils ne pouvaient pas la prévoir, et pour cause : elle ne savait pas trois jours plus tôt qu'elle se retrouverait là, dans toute cette folie.

C'était bien dans leurs méthodes, sinon. Celle des escadrons de la mort. La même absence méthodique de pitié qui avait été celle des massacreurs politiques de toutes les époques et sous toutes les latitudes.

Elle aurait voulu, en cet instant précis, croire en Dieu, se rappeler une prière.

Elle passa dans la salle de bains. Alluma.

La fenêtre donnait sur la gravière. Une pelleteuse dans la nuit, au loin, ressemblait à un animal endormi.

Dans la glace de l'armoire à pharmacie, elle faillit ne pas se reconnaître. La pommette déchirée, le visage aux yeux rougis, les joues encore plus creusées que d'habitude, le tee-shirt blanc maculé de boue et de sang.

Les parents Röder avaient été des gens prévoyants. Elle y trouva de quoi soigner, au moins provisoirement, la blessure de sa cuisse. La balle avait déchiré le muscle sans toucher l'artère ou l'os. Elle désinfecta en gémissant puis se fit un pansement. Étrangement, elle ne souffrait plus à cause de ses deux doigts manquants.

L'index avait disparu jusqu'à la première phalange. Le majeur seulement jusqu'à la seconde.

Elle banda toute sa main.

Elle ne se faisait pas d'illusion. La douleur allait revenir. Dès que l'état de choc se serait dissipé, ce qui n'allait pas tarder. Et ce n'étaient pas les cachets de paracétamol qu'elle dénicha dans l'armoire à pharmacie qui allaient changer grand-chose au problème.

C'est en essuyant son visage qu'elle vit la fille blonde dans le reflet de la glace, juste derrière elle.

Le Beretta Nano était trop loin, posé sur le rebord de la baignoire.

– Je me rends, dit la fille qui laissa tomber au sol son arme de poing.

Christine se retourna.

Elle comprit que la blonde avait parlé en français.

– Je me rends, répéta-t-elle en levant les mains bien en évidence.

Elle avait un treillis noir. Ses cheveux étaient collés sur son front à cause de la sueur.

– Ces salauds sont partis sans moi…

Elle était jeune, avec un physique de parfaite aryenne mais pour l'instant, elle avait l'air sur le point de pleurer.

– Tu es française ? demanda Christine qui récupéra le Beretta Nano.

– Oui.

– C'est toi qui viens de tirer ?

– Oui.

– Sur moi ?

– Non, vers la maison des vieux gauchistes. C'était ma dernière cartouche.

– Comment tu t'appelles ?

– Elsa Dore.

Le nom disait quelque chose à Christine.

Elle repassa des dossiers mentalement. Oui, le nom d'Elsa Dore était apparu dans la mouvance Boulinier. Celle d'Action Europe Blanche et d'autres groupes du même genre comme le Front Identitaire. Une étudiante en droit, fichée. Elle avait été arrêtée et mise en garde à vue après une manif identitaire et à la sortie d'un entraînement clandestin au tir dans une forêt du Berry, en compagnie de néonazis qui tiraient sur des cibles représentant des caricatures de Juifs, de musulmans, d'hommes politiques ou de journalistes de gauche. Les deux fois, un avocat envoyé par les parents, un ténor du barreau, qui était aussi député européen d'un parti ultranationaliste, l'avait tirée d'affaire. Une fille de bonne famille, Elsa Dore.

Une bonne famille d'extrême droite.

– Qu'est-ce que tu fous là ?

– Je… j'ai voulu pousser mon engagement plus loin. On a des actions communes avec les Allemands. Mais je ne m'attendais pas à… à cette horreur.

– Les gamins dans la chambre, c'est toi ?

– Non, je vous jure. Je ne voulais pas…

– Il faut assumer, connasse. Tu as de toute façon participé à tout ça, non ? Un commando pour aller tuer un vieux gauchiste…

Elsa Dore se mit à pleurer et, entre deux sanglots, demanda :

– Mais vous, vous êtes flic ou quoi ?

– Je ne sais plus vraiment, à vrai dire.

Il y eut de la peur sur le visage d'Elsa Dore.

– Vous allez m'arrêter ?

– Je ne suis pas là pour ça, en fait.

– Mais vous êtes là pour quoi, alors ?

La voix d'Elsa Dore poussait vers les aigus de l'hystérie.

– Je suis là pour tuer mon père, répondit Christine qui tira de la main gauche avec le Beretta dans le front ethniquement pur de la jeune fasciste.

Puis Christine redescendit en boitant, regarda la carcasse de l'Opel qui achevait de brûler.

Et elle se dirigea vers la maison de Wolfgang Sonne.

# Chapitre 8

Il ne manquait plus que ça. Franchement.

Les balles sifflaient à leurs oreilles, et en plus cette femme lui collait son flingue de flic sur la tête. Il avait compris. Elle n'était pas fâchée, elle n'était pas non plus enragée, ni quoi que ce soit que l'on puisse traduire par des mots. Il pouvait en juger, après tout il était bien placé pour savoir ce qu'il était possible de faire avec le langage. Ce qu'elle éprouvait était bien au-delà.

– Ne me regarde pas comme ça, lâcha-t-elle.

En chacun de nous, il y avait ces zones dissimulées bien au-delà des limites du descriptible. Des espaces dans lesquels on ne voulait pas pénétrer. Ni délibérément ni par hasard. On n'était pas obligé de se confronter à tout.

Et ce que cette femme éprouvait était dirigé contre lui.

– Baisse les yeux, fit-elle. Maintenant.

Cette femme.

Sa fille.

Il lui obéit et détourna son regard.

Quand de surcroît Elke cria à Christine que c'était de la folie de sortir, il s'assit contre la cloison séparant le couloir de la cuisine. Il fallait savoir se replier quand ça s'imposait. Les deux femmes se mirent à discuter de ce qu'il convenait de faire. Elke jouait la raisonnable, Christine la dure à cuire.

Bien sûr, Elke voulait le protéger. De cette bande de criminels là dehors, peu importe qui s'y cachait. Et peut-être aussi de sa fille.

Le petit Fassbender trempait-il vraiment là-dedans ? Ça n'avait pas d'importance, ces types avaient fini par découvrir où il vivait, voilà tout.

Christine y était arrivée elle aussi. Que disait-elle à l'instant ? Elle voulait qu'ils lui tirent dessus ?

Une folie, se dit Wolfgang, évidemment. C'était pourtant exactement ce qu'il aurait fait. Il fallait bien agir. Ça faisait partie de ces choses qu'on ne pouvait pas faire disparaître, ni en discutant ni en priant. Au fil des années, il avait fini par accepter que certains préfèrent l'écoute à l'action. Bon sang, parfois il avait lui-même tenu ce discours dans ses articles, tous ces trucs qu'il avait écrits.

Contre ses propres convictions. Exactement. Contre ses propres convictions.

Elles venaient de tomber d'accord. Elke allait finir par se faire mal au cou, vu l'empressement avec lequel elle hochait la tête aux paroles de Christine. Il se redressa et se pencha par l'ouverture de la fenêtre pour regarder dehors. Aussitôt, deux coups de feu partirent depuis la forêt.

La main d'Elke l'éloigna de la fenêtre et le tira vers l'escalier pour monter. Après avoir franchi les premières marches, il se redressa soudain et poussa un « ah », parce que son genou lui faisait terriblement mal, et son dos aussi. Il sentit le bref sursaut d'Elke. Il savait que pendant une demi-seconde, elle avait cru qu'il était touché. Pourtant, il n'avait ni lâché sa main ni changé la position de ses doigts.

Quelle situation étrange !

Ou plutôt ce qu'elle était devenue.

À bien y réfléchir.

Au début, ça avait été A contre B. Pourquoi Christine avait-elle fait ce long trajet jusqu'à Leipzig ? Et puis A et B s'étaient unis contre C. Merde… Peu importe qui était C.

Il suivit Elke, une douleur croissante dans les articulations. Que ne donnerait-il pas pour un peu de marijuana ! Mais ça le rendrait encore plus lent qu'il ne l'était déjà. Vieillir était une vraie catastrophe.

Dans la chambre, l'une des deux fenêtres donnant sur le devant était brisée, l'autre, qu'il avait entrouverte avant d'aller se coucher, s'était refermée sur elle-même. Elke se posta à côté de la vitre éclatée de façon à avoir une bonne vue d'ensemble sur l'espace dégagé devant la maison et la lisière de la forêt.

Wolfgang fit deux grands pas pour se placer derrière la deuxième fenêtre sans être visible de l'extérieur. C'était sans doute absurde, car la chambre était plongée dans l'obscurité, et de l'extérieur personne ne pourrait voir sa silhouette à moins d'être perché dans l'un des arbres. Il glissa son index le long des bords du cadre et du battant de la fenêtre jusqu'à pouvoir enfoncer le bout du doigt dans l'interstice.

Il hésitait. Ce à quoi on ne prêtait aucune attention au quotidien pouvait maintenant s'avérer décisif. Ne risquait-il pas de faire trop de bruit en ouvrant la fenêtre ? *Trop* de bruit… ? Le moindre bruit attirerait l'attention. Il tendit les oreilles. Des pas, assez loin, les sous-bois, un oiseau de nuit, un sifflement, faible, humain, un hélicoptère. Ils arrivaient. Mais qui arrivait au juste ? Faux, le ronronnement de l'hélicoptère s'éloignait.

Il tira lentement la fenêtre vers lui. Puis poussa une longue expiration. Ça ne faisait aucun bruit.

Un regard vers Elke, qui l'avait sans doute observé pendant tout ce temps. Elle eut un bref mouvement de tête, puis ils restèrent là à scruter la lisière de la forêt à la recherche de quelque chose sur quoi tirer.

Faux ça aussi. Pas quelque chose. Quelqu'un. Celui qui se trouvait là méritait largement qu'on lui tire dessus, oui, qu'on l'abatte. Quand il entendit Elke faire feu, il attendit trois secondes, puis fit de même. Il n'avait rien vu bouger, mais ce qu'ils faisaient n'avait pas qu'une seule fonction.

Nous sommes là.

Nous sommes armés.

Vous ne nous aurez pas !

***

Elke tira de nouveau. Lui aussi.

Mais ensuite tout alla trop vite pour Wolfgang.

Ce fut le cri qui le plongea dans une terreur absolue. Christine sortit de la maison en courant telle une dératée, comme dans un de ces films qu'il ne regardait jamais jusqu'au bout. Elle tournoyait sur elle-même en tirant dans toutes les directions. On aurait dit un ballet.

Ça avait fait pan. Et encore une fois pan.

Et encore. Pan.

Le son des armes modernes avait-il changé tant que ça ? Ou bien son oreille ne lui permettait-elle plus de percevoir certaines fréquences ? Dans la forêt, ça criait et ça courait. Puis d'autres tirs éclatèrent.

Christine rampa jusqu'à l'Opel tandis qu'il essayait de repérer une cible entre les arbres. Il tira et entendit Elke faire de même. Avec leurs flingues, leur marge de manœuvre était limitée. Des pistolets d'origine brésilienne, arrivés jusqu'à eux par l'intermédiaire de quelqu'un qui connaissait quelqu'un. Ils n'avaient pas plus de sept balles chacun. Et ils n'auraient bientôt plus assez de munitions.

Dans la forêt, on s'était mis à tirer sur la voiture. Accompagnée des tacatacatac, Christine s'accroupit derrière le moteur pour éviter les balles. Qu'avait-elle prévu de faire ? Son plan ressemblait plutôt à un mode d'emploi pour se suicider. Je sors pour aller voir de plus près qui nous tire dessus.

Il fit feu une nouvelle fois entre les arbres. Il ne restait probablement pas tant de types que ça.

Un autre tir. Suivi d'Elke.

Pendant un moment, les choses se calmèrent, puis sa fille se pencha par-dessus le capot et fit feu. Voyait-elle quelque chose ? Quelqu'un ? Il y eut un cri dans la forêt. Wolfgang aperçut un mouvement entre les arbres et tira.

Il lui restait deux balles. En ce qui le concernait, ce serait tout. Il visa sans viser et tira. Ils devaient être là quelque part. Il tira encore.

Quelque part à la périphérie de sa perception : Elke s'agenouilla. Un mouvement fluide. Elle n'était pas touchée. Heureusement. Elke tira.

La voiture se mit à faire des siennes. On entendit une mélodie, un truc français. L'autoradio. Il connaissait ce morceau. Une voix de femme. Plutôt sympa.

Comment Christine comptait-elle s'y prendre pour survivre ? Les tirs avaient cessé. Mais les hommes étaient là. Et Christine était toujours planquée derrière la voiture.

La musique continuait.

Dans la forêt, une lueur.

Une traînée au-dessus de la clairière. Puis l'impact. Un cocktail Molotov atterrit sur la bagnole. Instantanément, une vague de flammes se forma autour de la tôle. Qu'est-ce qu'ils mijotaient ?

Christine prit feu elle aussi. Elle s'arracha de son blouson et se précipita dans l'obscurité. Direction la maison des Röder auxquels il n'avait plus pensé depuis un bon moment.

Ça y est, il ne la voyait plus. Des balles jaillirent depuis la forêt. Une par une. Bien ciblées. Christine vivait peut-être sa dernière heure.

***

Il se tourna vers Elke. Leurs regards se croisèrent dans l'obscurité.

– Ils l'ont eue, dit-elle.

Là, était-ce un râle ? Était-ce sa fille ?

– Qu'est-ce qu'on fait ? demanda Elke. Le mien est vide.

– Pareil pour moi, répondit Wolfgang.

Un moteur démarra. Puis un autre.

– C'est fini.

Elke se leva.

Wolfgang fit non de la tête et comprit trop tard que ce n'était pas la bonne réaction. Ce n'était pas fini. Ce genre de choses n'était jamais fini. Il ne savait pas ce qu'il se passait exactement, mais il savait que les forces qui se déchaînaient à l'extérieur ne pouvaient pas s'arrêter comme ça. Si quelqu'un s'éloignait avec sa voiture, c'était pour aller chercher d'autres munitions. Ou des renforts. Ou des bières pour fêter la victoire. Ou encore pour transporter quelqu'un à l'hôpital. Non, pas à l'hôpital. Aucun de ces types n'irait à l'hôpital en partant d'ici. Un médecin. Ils avaient des médecins. Bien sûr qu'ils avaient des médecins. Un médecin flic probablement. Il pensa de nouveau que son geste de la tête n'était pas suffisant, mais il continuait machinalement de la bouger en cherchant le bon mot, puis il lança :

– Non.

Il n'eut pas le temps d'ajouter que ce n'était pas fini. Elke venait de se redresser lorsqu'elle fut touchée. Et Wolfgang sut qu'elle était morte avant même qu'elle ne s'écrase au sol. Il voyait ce double effet, et il continuait de regarder au lieu d'agir. Mais il n'y avait plus rien à faire. Le double effet : l'impact dans la tête. Le sang, plus noir que rouge. Le choc, la projetant vers l'arrière, à l'intérieur de la chambre. Et en même temps, la perte de toute vie. L'abandon du maintien. L'affaissement. Le corps semblait hésiter entre s'effondrer sur lui-même ou bien se laisser propulser en arrière. À la fin, il fit un peu les deux et rien de tout cela. Lorsqu'elle percuta le tapis avec un *bwouf*, Elke n'était plus que sa propre enveloppe.

Et lui, avec sa tête qu'il continuait d'agiter en vain. Il se mit à genoux. Appuya son visage contre le sien. Se résolut à prendre son pouls, et justement ne le sentit pas. Il était seul au monde. Un monde devenu tout à fait calme.

Il y eut un bruit.

Dehors.

Il entendait, mais n'arrivait pas à écouter. Il prit Elke dans ses bras, la souleva doucement, la serra contre lui. Essaya de sentir en elle une étincelle de vie qui n'y était plus. Il la reposa au sol.

Il rampa vers l'escalier, suffisamment loin pour ne pas être touché par une balle, et se releva. S'étonna de la douleur au genou qui, encore l'instant d'avant, s'était dissoute dans une autre douleur. Repéra un élancement dans la hanche, un engourdissement dans les pieds et s'appuya brièvement contre le mur à côté de l'escalier.

Il avait du mal à réorganiser les choses dans sa tête. Elle aussi était comme engourdie. Plus de vie en lui. Ni dans ses jambes, ni dans sa tête.

Cette folle, là dehors, avait fait venir sur eux le malheur.

Faux.

Cette folle, là dehors… Cette folle leur avait sauvé la vie. Temporairement. Et c'était sa fille.

S'ils revenaient, ils étaient foutus. Ils seraient anéantis. Christine était-elle encore en vie ?

Il dut une fois de plus s'appuyer contre le mur. Voilà, c'était le moment de la strychnine. Ou était-ce le cyanure ? Quand tu es entre les mains de l'ennemi, c'est toi seul qui décides du moment de ta mort, toi et uniquement toi. La capsule entre les dents. Encore fallait-il en avoir une. Ils allaient bien s'amuser avec lui, se dit-il lorsqu'il vit une arme au sol qui dépassait du seuil de la porte d'entrée. Elle était encore à moitié dans la main d'un homme qui, dissimulé à son regard, gisait à l'extérieur de la maison. Ce devait être celui que Christine avait abattu quand elle était sortie en hurlant.

Wolfgang s'assit sur une marche et se déplaça lentement vers le bas. Les pieds d'abord, une marche en dessous, puis les fesses. Les pieds, les fesses. Quand ses pieds touchèrent le sol du rez-de-chaussée, il se baissa en se tournant sur le côté et, allongé de tout son long, il rampa jusqu'à la porte. Il attrapa le flingue dans la main du mort et comprit au même moment que le bras qui le tenait était celui d'un flic en uniforme. Quelle merde ! C'était un de ces machins ultramodernes. Il n'y connaissait plus rien. Heckler & Koch sûrement. Au moins quinze balles. Il s'avança lentement par la porte. Comme un insecte. De l'autre côté de la porte, il y avait un autre homme. Aussi mort que le flic. Tee-shirt et jean, trop peu couvert pour la saison. Il avait la même arme que l'homme en uniforme. Wolfgang s'en empara.

Il fallait qu'il regarde devant lui. La forêt. Au-delà du type que Christine avait achevé tout au début de l'attaque. Mais il n'arrivait pas à faire bouger la tête de sa position latérale. La tourner un peu, c'était encore possible, mais la relever vers l'avant alors qu'il était à plat ventre, hors de question. Si maintenant, ils l'achevaient d'un coup de feu bien placé, tant pis, c'était comme ça.

Alors il tourna à nouveau la tête et se retrouva face à face avec le visage mort du jeune Fassbender. Enfin, ce n'était pas comme s'il y avait déjà eu de la vie dans ces yeux-là. Le jeune homme lui avait toujours paru plus simplet que son vieux. Et maintenant qu'il voyait le garçon de si près, collé à lui presque nez à nez, Wolfgang eut la nausée. Il déglutit plusieurs fois avant de reculer lentement. Des armes à feu modernes au bout de chaque bras, il s'égratignait le dos des mains dont il s'aidait pour se pousser en arrière.

Une fois de retour dans la maison, il lui fallut trois minutes pour se relever.

Au moins.

Il était aussi blindé que l'Armée rouge lors de sa marche sur Berlin. Mais que pouvait-il faire de toute cette puissance ?

***

Les sens. Que vois-tu ?

Appuyé contre le chambranle de la porte, Wolfgang regardait la clairière illuminée par la voiture en feu. Ils s'étaient tiré une balle dans le pied. Au sens figuré, bien sûr. La lisière de la forêt se voyait aussi distinctement qu'en plein jour. Et la moindre tentative de traverser la clairière se verrait accueillie par des tirs nourris.

Les types en face savaient que les deux connards morts avaient apporté leurs armes dans le camp adverse.

Les sens. Qu'entends-tu ?

La voiture qui brûle. Les flammes ardentes qui s'affaiblissent peu à peu. Quelque chose dans la forêt ? Il n'arrivait pas à filtrer. Y avait-il un bruit de moteur ? Revenaient-ils ? Ou bien avait-il des hallucinations ?

Il pouvait aussi en finir une fois pour toutes avec ses perceptions. Au diable les capsules et tous ces machins. Et voilà ! Qui avait envie de mourir comme Göring ? C'était de cette façon qu'il avait échappé à une exécution bien méritée. Wolfgang porta les deux flingues à ses tempes. Si c'était la fin, alors c'était la fin. N'empêche, il pouvait toujours en profiter pour en emporter quelques-uns avec lui.

C'était quoi, ce bruit ? Un halètement et des frottements de semelles venaient de la maison des Röder. Une seconde passa, puis Christine le bouscula, le poussant du seuil de la porte à l'intérieur du couloir. Elle eut un râle de zombie, on aurait dit qu'elle avait pris un bain de sang. Avait-il entendu le bruit assourdi d'un tir ?

– Tout va bien, dit-elle en prenant la place de Wolfgang contre le chambranle.

Un moment passa, elle avait du mal à tenir debout. Ça se voyait sur son corps maigre. Enfin, elle se retourna et plaqua son dos contre le mur.

– Ta femme ?

Wolfgang fit un geste de la tête vers le haut, puis il fixa ses pieds.

– *Scheiße*, souffla-t-elle en allemand, en prononçant le S dur de façon très douce. *Chaïze*. Qu'est-ce qu'on fait ?

Wolfgang lui montra les armes.

Christine ferma les yeux et prit une profonde inspiration. Expiration. Inspiration. Expiration.

Il la contempla. La main ensanglantée et mutilée. Les deux jambes de pantalon imbibées de sang. Écorchée. Brûlée. Blessée par les balles.

Mais vivante.

Elle rouvrit les yeux :

– Tu peux courir ?

– T'es pas sérieuse ?

On entendit très distinctement une voiture freiner. Bonne motorisation. Des portes claquèrent.

– Je veux aller là-bas et les tuer.

– Mais pas par là.

Il pointait la clairière du doigt.

– Vous n'étiez pas comme ça autrefois. Si ?

Que pouvait-elle bien savoir d'autrefois ? Quel âge avait-elle ? Eh oui !

En plus, il avait survécu à tout ça. Le passé. Et pas sans raison. Mais ce n'était pas le moment d'en discuter.

– Pas par là, répéta-t-il.

Il voulait lui aussi se faire ces salauds, mais il ne voulait pas se sacrifier.

Ce qui se passerait après…

Ce qui se passerait après n'avait plus aucune importance. Il tendit une des deux armes à Christine et l'entraîna vers la porte de derrière. Une fois sortis de la maison, ils se regardèrent droit dans les yeux. Cela dura une très, très longue seconde.

Ils vérifièrent le cran de sécurité de leur arme au même moment, puis longèrent l'arrière du terrain des Fassbender, les bouleaux à leur gauche. Ils s'arrêtèrent un instant et Christine montra la clairière du doigt. Wolfgang l'entraîna plus loin.

Il voulait traverser la clairière le plus loin possible de la voiture en feu. Comme elle se rétrécissait de plus en plus vers le fond, il songea même à la contourner pour surprendre les assaillants parderrière. Il se concentra et lui expliqua son idée dans un français improvisé.

Christine l'écoutait en regardant la clairière étendue devant eux. Dans la lueur résiduelle de la voiture en feu, on voyait distinctement ce qu'elle désirait. Courir de l'autre côté et les éliminer sans perdre plus de temps. Mais soudain sa posture changea. Elle se redressa et parut quelques centimètres plus grande. Elle posa la main sur son épaule et désigna la direction qu'il voulait prendre.

Il haussa les épaules, mais ensuite il les entendit. Des pas sur le sol de la forêt. Ils étaient assurément plus nombreux qu'eux deux. Un vieillard et une invalide de guerre.

Christine le poussa entre les bouleaux. Mauvaise idée. Les deux mains suffisaient pour faire le tour de leurs troncs et, avec leur écorce blanche, ils se feraient tout de suite repérer, même de nuit.

Surtout de nuit. Mais il n'avait pas de meilleure idée. Avec un peu de chance, le groupe ne les avait pas encore entendus. Tous ces pieds produisaient des bruits constants. Les hommes devaient donc se fier à leurs yeux. Il fallait espérer que leurs assaillants ne les avaient pas encore repérés.

Ils approchèrent. D'un pas lent. Un, deux, trois, quatre, cinq, compta-t-il.

Sa fille était mieux cachée derrière son bouleau que lui derrière le sien. Son arme pointée vers le haut dans sa main ensanglantée, elle lui jeta un bref coup d'œil. Oui, oui, c'était elle qui donnait désormais les ordres. Il avait pigé. Et leur plan, vite échafaudé, n'était pas bête. C'était l'idée de Christine, et il fallait qu'elle fonctionne, sinon ils étaient foutus.

Les cinq hommes les avaient presque atteints. Wolfgang distinguait quatre civils et un flic. Le flic ne portait que la chemise et le pantalon de son uniforme, comme s'il venait à la hâte de les récupérer au poste. Les autres n'avaient pas plus qu'un jean et un tee-shirt sur le dos, l'un d'eux était venu en pantalon de camouflage. Les mouvements des hommes étaient souples, leurs corps jeunes et forts comme des ours.

Enfin, question de perspective.

Il leur restait quelques mètres à parcourir avant d'arriver à leur hauteur. Là, ils stoppèrent.

Si ça avait été lui, il se serait maintenant avancé et aurait ouvert le feu. Mais Christine avait un autre plan. Il se tint donc tranquille.

– Jusqu'à l'arrière de la maison, dit l'un des hommes.

Une voix claire, pas d'accent, aucune trace de saxon. Ce n'était pas le policier qui parlait.

– Tu passes par la droite. Vous deux, à gauche. Lui et moi, on prend la porte de derrière.

Une structure de commandement claire. Personne ne discutait, personne ne votait. C'était tout sauf une assemblée plénière.

– Des questions ?

Un grommellement en guise de réponse. Il n'y en avait pas, et personne ne regarda sur le côté pour les remarquer, Christine et lui. Ils continuèrent leur chemin. Wolfgang sentit son cœur qui battait juste en dessous de son menton. Il allait faire un infarctus avant même de pouvoir se servir de ce flingue moderne.

Il faillit ne pas voir que Christine avait commencé à bouger. Si possible garde les pieds au sol, avait-elle dit. Il avait réprimé un rire en l'entendant chuchoter ces instructions. Pour elle c'était facile, elle était encore une gamine, et bien entraînée de surcroît. Mais il l'imita du mieux qu'il put, faisant pivoter son buste sur ses hanches.

Ils laissèrent les cinq hommes s'éloigner quelques mètres de plus, puis ouvrirent le feu. Wolfgang s'acquittait de sa part du boulot. Ses cibles : les trois types qui se trouvaient le plus près d'eux au moment où Christine tirerait le premier coup. « Vise les parties les plus larges. » Il avait dû faire l'effort de traduire pour la comprendre. Et maintenant, il canardait à tout va.

Il avait dû aussi réfléchir un instant à la raison pour laquelle il devait viser trois types du groupe. Mais il avait vite compris que Christine ferait pareil. Si elle s'occupait des trois les plus éloignés, ils avaient plus de chances qu'il ne reste personne pour se retourner et répondre à leurs tirs.

C'est ce qui se passa. En l'espace de quelques secondes, les hommes furent à terre. Sa fille fit un bond vers le groupe et tira une dernière balle dans la tête de chacun, par sécurité. Puis elle s'effondra à côté d'eux.

Wolfgang fut incapable de bouger. Il s'agrippait au bouleau. Faites que ce soit terminé. Bon sang, cette pensée ressemblait bien trop à une prière. S'il voulait que cela se termine, il n'avait qu'à faire le nécessaire. De toute façon, plus rien n'avait de sens. Surtout sans Elke.

Les pleurs de Christine le prirent au dépourvu. Il se détacha de l'arbre et boitilla jusqu'à elle. Couchée sur le côté, elle gémissait de douleur. Ou d'horreur. Il ne le savait pas.

Son enfant en pleurs était étendue là, devant lui, et il tomba à genoux à côté d'elle.

– Nous devons décamper, dit-elle lorsque des sirènes se firent entendre au loin.

– Pour aller où ?

– Loin.

– Et après ?

– Tu viens avec moi.

– Où ça ?

– En France.

– Et après ?

– Nous verrons bien à ce moment-là, dit-elle d'une voix atone.

– Tu veux prendre la voiture des Röder ?

– Bien trop dangereux.

– Qu'est-ce qui leur est arrivé ?

Christine eut un geste las. Mais son index glissa clairement le long de sa gorge.

– Tous ?

– Oui.

– Ils vont nous mettre ça sur le dos.

– C'est pour ça qu'on doit décamper.

– Ils vont tout nous mettre sur le dos.

– C'est pour ça…

– Oui, oui, c'est pour ça qu'on doit décamper.

Elle se releva avec peine. Puis elle tendit la main à Wolfgang. Il se laissa faire et la suivit.

Une deuxième sirène. Plus proche.

– Ils finiront par nous avoir, dit-il.

– Non. J'ai un plan.

Wolfgang la crut.

C'était vraiment sa fille.

# Note de l'éditeur

Le roman *Terminus Leipzig* est le fruit d'une coopération entre deux auteurs de deux pays, l'Allemand Max Annas (publié en français aux éditions Belfond) et le Français Jérôme Leroy (publié en allemand aux éditions Nautilus), sur une idée du festival Quais du Polar et des éditions Points. Il s'agit d'un projet d'écriture collaborative d'un roman policier inédit, où les deux personnages principaux, l'un français, l'autre allemand, abordent en filigrane les différences culturelles entre leurs deux pays, l'idée étant de contribuer à une meilleure connaissance réciproque. Ce roman en « cadavre exquis », qui a réuni deux maîtres du roman noir dans un projet commun où chacun a écrit un chapitre en alternance, paraîtra simultanément en Allemagne, sous le même titre, aux éditions Nautilus.

Nous tenons à remercier Hélène Fischbach et Cécile Dumas de Quais du Polar, Katharina Picandet des éditions Nautilus, tous nos partenaires, sans oublier les auteurs et les traductrices, Mathilde Julia Sobottke et Cornelia Wend. *Terminus Leipzig* aura les honneurs du Salon du Livre de Leipzig et du festival Quais du Polar à Lyon 2022.

***

*Le projet d'écriture de ce roman a été initié par le festival international Quais du Polar, dans le cadre d'une collaboration avec l'Institut français de Leipzig, les maisons d'éditions Points et Nautilus. Il est soutenu par la Convention Institut français / Ville et Métropole de Lyon ainsi que par le Fonds citoyen franco-allemand.*

QUAIS
DU POLAR
FESTIVAL
INTERNATIONAL
LYON

INSTITUT FRANÇAIS + VILLE DE LYON + ONLYLYON LA MÉTROPOLE

DEUTSCH-
FRANZÖSISCHER
BÜRGERFONDS
FONDS CITOYEN
FRANCO-ALLEMAND

RÉALISATION : NORD COMPO À VILLENEUVE-D'ASCQ
IMPRESSION : CPI FRANCE
DÉPÔT LÉGAL : MARS 2022. N° 150396 (3046635)
IMPRIMÉ EN FRANCE

# Éditions Points

## Collection Points Policier

DERNIERS TITRES PARUS

P1783. Sanglants Trophées, *C.J. Box*
P1811. - 30°, *Donald Harstad*
P1821. Funny Money, *James Swain*
P1822. J'ai tué Kennedy ou les mémoires d'un garde du corps *Manuel Vázquez Montalbán*
P1823. Assassinat à Prado del Rey et autres histoires sordides *Manuel Vázquez Montalbán*
P1830. La Psy, *Jonathan Kellerman*
P1831. La Voix, *Arnaldur Indridason*
P1832. Petits Meurtres entre moines, *Frédéric Lenormand*
P1833. Madame Ti mène l'enquête, *Frédéric Lenormand*
P1834. La Mémoire courte, *Louis-Ferdinand Despreez*
P1835. Les Morts du Karst, *Veit Heinichen*
P1883. Dissimulation de preuves, *Donna Leon*
P1884. Une erreur judiciaire, *Anne Holt*
P1885. Honteuse, *Karin Alvtegen*
P1886. La Mort du privé, *Michael Koryta*
P1907. Drama City, *George P. Pelecanos*
P1913. Saveurs assassines, *Kalpana Swaminathan*
P1914. La Quatrième Plaie, *Patrick Bard*
P1935. Echo Park, *Michael Connelly*
P1939. De soie et de sang, *Qiu Xiaolong*
P1940. Les Thermes, *Manuel Vázquez Montalbán*
P1941. Femme qui tombe du ciel, *Kirk Mitchell*
P1942. Passé parfait, *Leonardo Padura*
P1963. Jack l'Éventreur démasqué, *Sophie Herfort*
P1964. Chicago banlieue sud, *Sara Paretsky*
P1965. L'Illusion du péché, *Alexandra Marinina*
P1988. Double Homicide, *Faye et Jonathan Kellerman*
P1989. La Couleur du deuil, *Ravi Shankar Etteth*
P1990. Le Mur du silence, *Håkan Nesser*
P2042. 5 octobre, 23 h 33, *Donald Harstad*
P2043. La Griffe du chien, *Don Wislow*
P2044. Mort d'un cuisinier chinois, *Frédéric Lenormand*
P2056. De sang et d'ébène, *Donna Leon*
P2057. Passage du Désir, *Dominique Sylvain*
P2058. L'Absence de l'ogre, *Dominique Sylvain*
P2059. Le Labyrinthe grec, *Manuel Vázquez Montalbán*
P2060. Vents de carême, *Leonardo Padura*

P2061. Cela n'arrive jamais, *Anne Holt*
P2065. Commis d'office, *Hannelore Cayre*
P2139. La Danseuse de Mao, *Qiu Xiaolong*
P2140. L'Homme délaissé, *C.J. Box*
P2141. Les Jardins de la mort, *George P. Pelecanos*
P2142. Avril rouge, *Santiago Roncagliolo*
P2157. À genoux, *Michael Connelly*
P2158. Baka !, *Dominique Sylvain*
P2169. L'Homme du lac, *Arnaldur Indridason*
P2170. Et que justice soit faite, *Michael Koryta*
P2172. Le Noir qui marche à pied, *Louis-Ferdinand Despreez*
P2181. Mort sur liste d'attente, *Veit Heinichen*
P2189. Les Oiseaux de Bangkok, *Manuel Vázquez Montalbán*
P2215. Fureur assassine, *Jonathan Kellerman*
P2216. Misterioso, *Arne Dahl*
P2229. Brandebourg, *Henry Porter*
P2254. Meurtres en bleu marine, *C. J. Box*
P2255. Le Dresseur d'insectes, *Arni Thorarinsson*
P2256. La Saison des massacres, *Giancarlo de Cataldo*
P2271. Quatre Jours avant Noël, *Donald Harstad*
P2272. Petite Bombe noire, *Christopher Brookmyre*
P2276. Homicide special, *Miles Corwin*
P2277. Mort d'un Chinois à La Havane, *Leonardo Padura*
P2288. L'Art délicat du deuil, *Frédéric Lenormand*
P2290. Lemmer, l'invisible, *Deon Meyer*
P2291. Requiem pour une cité de verre, *Donna Leon*
P2292. La Fille du samouraï, *Dominique Sylvain*
P2296. Le Livre noir des serial killers, *Stéphane Bourgoin*
P2297. Une tombe accueillante, *Michael Koryta*
P2298. Roldán, ni mort ni vif, *Manuel Vásquez Montalbán*
P2299. Le Petit Frère, *Manuel Vásquez Montalbán*
P2321. La Malédiction du lamantin, *Moussa Konaté*
P2333. Le Transfuge, *Robert Littell*
P2354. Comédies en tout genre, *Jonathan Kellerman*
P2355. L'Athlète, *Knut Faldbakken*
P2356. Le Diable de Blind River, *Steve Hamilton*
P2381. Un mort à l'Hôtel Koryo, *James Church*
P2382. Ciels de foudre, *C. J. Box*
P2397. Le Verdict du plomb, *Michael Connelly*
P2398. Heureux au jeu, *Lawrence Block*
P2399. Corbeau à Hollywood, *Joseph Wambaugh*
P2407. Hiver arctique, *Arnaldur Indridason*
P2408. Sœurs de sang, *Dominique Sylvain*
P2426. Blonde de nuit, *Thomas Perry*
P2430. Petit Bréviaire du braqueur, *Christopher Brookmyre*
P2431. Un jour en mai, *George Pelecanos*

P2434. À l'ombre de la mort, *Veit Heinichen*
P2435. Ce que savent les morts, *Laura Lippman*
P2454. Crimes d'amour et de haine, *Faye et Jonathan Kellerman*
P2455. Publicité meurtrière, *Petros Markaris*
P2456. Le Club du crime parfait, *Andrés Trapiello*
P2457. Mort d'un maître de go, *Frédéric Lenormand*
P2492. Fakirs, *Antonin Varenne*
P2493. Madame la présidente, *Anne Holt*
P2494. Zone de tir libre, *C.J. Box*
P2513. Six heures plus tard, *Donald Harstad*
P2525. Le Cantique des innocents, *Donna Leon*
P2526. Manta Corridor, *Dominique Sylvain*
P2527. Les Sœurs, *Robert Littell*
P2528. Profileuse. Une femme sur la trace des serial killers, *Stéphane Bourgoin*
P2529. Venise sur les traces de Brunetti. 12 promenades au fil des romans de Donna Leon, *Toni Sepeda*
P2530. Les Brumes du passé, *Leonardo Padura*
P2531. Les Mers du Sud, *Manuel Vázquez Montalbán*
P2532. Funestes carambolages, *Håkan Nesser*
P2579. 13 heures, *Deon Meyer*
P2589. Dix petits démons chinois, *Frédéric Lenormand*
P2607. Les Courants fourbes du lac Tai, *Qiu Xiaolong*
P2608. Le Poisson mouillé, *Volker Kutscher*
P2609. Faux et usage de faux, *Elvin Post*
P2612. Meurtre et Obsession, *Jonathan Kellerman*
P2623. L'Épouvantail, *Michael Connelly*
P2632. Hypothermie, *Arnaldur Indridason*
P2633. La Nuit de Tomahawk, *Michael Koryta*
P2634. Les Raisons du doute, *Gianrico Carofiglio*
P2655. Mère Russie, *Robert Littell*
P2658. Le Prédateur, *C.J. Box*
P2659. Keller en cavale, *Lawrence Block*
P2680. Hiver, *Mons Kallentoft*
P2681. Habillé pour tuer, *Jonathan Kellerman*
P2682. Un festin de hyènes, *Michael Stanley*
P2692. Guide de survie d'un juge en Chine, *Frédéric Lenormand*
P2706. Donne-moi tes yeux, *Torsten Pettersson*
P2717. Un nommé Peter Karras, *George P. Pelecanos*
P2718. Haine, *Anne Holt*
P2726. Le Septième Fils, *Arni Thorarinsson*
P2740. Un espion d'hier et de demain, *Robert Littell*
P2741. L'Homme inquiet, *Henning Mankell*
P2742. La Petite Fille de ses rêves, *Donna Leon*
P2744. La Nuit sauvage, *Terri Jentz*
P2747. Eva Moreno, *Håkan Nesser*

P2748. La 7^e^ Victime, *Alexandra Marinina*
P2749. Mauvais fils, *George P. Pelecanos*
P2751. La Femme congelée, *Jon Michelet*
P2753. Brunetti passe à table. Recettes et récits
*Roberta Pianaro et Donna Leon*
P2754. Les Leçons du mal, *Thomas H. Cook*
P2788. Jeux de vilains, *Jonathan Kellerman*
P2798. Les Neuf Dragons, *Michael Connelly*
P2804. Secondes noires, *Karin Fossum*
P2805. Ultimes Rituels, *Yrsa Sigurdardottir*
P2808. Frontière mouvante, *Knut Faldbakken*
P2809. Je ne porte pas mon nom, *Anna Grue*
P2810. Tueurs, *Stéphane Bourgoin*
P2811. La Nuit de Geronimo, *Dominique Sylvain*
P2823. Les Enquêtes de Brunetti, *Donna Leon*
P2825. Été, *Mons Kallentoft*
P2828. La Rivière noire, *Arnaldur Indridason*
P2841. Trois semaines pour un adieu, *C.J. Box*
P2842. Orphelins de sang, *Patrick Bard*
P2868. Automne, *Mons Kallentoft*
P2869. Du sang sur l'autel, *Thomas H. Cook*
P2870. Le Vingt et Unième Cas, *Håkan Nesser*
P2882. Tatouage, *Manuel Vázquez Montalbán*
P2897. Philby. Portrait de l'espion en jeune homme
*Robert Littell*
P2920. Les Anges perdus, *Jonathan Kellerman*
P2922. Les Enquêtes d'Erlendur, *Arnaldur Indridason*
P2933. Disparues, *Chris Mooney*
P2934. La Prisonnière de la tour. Et autres nouvelles
*Boris Akounine*
P2936. Le Chinois, *Henning Mankell*
P2937. La Femme au masque de chair, *Donna Leon*
P2938. Comme neige, *Jon Michelet*
P2939. Par amitié, *George P. Pelecanos*
P2963. La Mort muette, *Volker Kutscher*
P2990. Mes conversations avec les tueurs, *Stéphane Bourgoin*
P2991. Double meurtre à Borodi Lane, *Jonathan Kellerman*
P2992. Poussière tu seras, *Sam Millar*
P3002. Le Chapelet de jade, *Boris Akounine*
P3007. Printemps, *Mons Kallentoft*
P3015. La Peau de l'autre, *David Carkeet*
P3028. La Muraille de lave, *Arnaldur Indridason*
P3035. À la trace, *Deon Meyer*
P3043. Sur le fil du rasoir, *Oliver Harris*
P3051. L'Empreinte des morts, *C.J. Box*
P3052. Qui a tué l'ayatollah Kanuni ?, *Naïri Nahapétian*

P3053. Cyber China, *Qiu Xiaolong*
P3065. Frissons d'assises. L'instant où le procès bascule
*Stéphane Durand-Souffland*
P3091. Les Joyaux du paradis, *Donna Leon*
P3103. Le Dernier Lapon, *Olivier Truc*
P3115. Meurtre au Comité central, *Manuel Vázquez Montalbán*
P3123. Liquidations à la grecque, *Petros Markaris*
P3124. Baltimore, *David Simon*
P3125. Je sais qui tu es, *Yrsa Sigurdardóttir*
P3141. Le Baiser de Judas, *Anna Grue*
P3142. L'Ange du matin, *Arni Thorarinsson*
P3149. Le Roi Lézard, *Dominique Sylvain*
P3161. La Faille souterraine. Et autres enquêtes
*Henning Mankell*
P3162. Les Deux Premières Enquêtes cultes de Wallander : Meurtriers sans visage & Les Chiens de Riga
*Henning Mankell*
P3163. Brunetti et le mauvais augure, *Donna Leon*
P3164. La Cinquième Saison, *Mons Kallentoft*
P3165. Panique sur la Grande Muraille & Le Mystère du jardin chinois, *Frédéric Lenormand*
P3166. Rouge est le sang, *Sam Millar*
P3167. L'Énigme de Flatey, *Viktor Arnar Ingólfsson*
P3168. Goldstein, *Volker Kutscher*
P3219. Guerre sale, *Dominique Sylvain*
P3220. Arab Jazz, *Karim Miské*
P3228. Avant la fin du monde, *Boris Akounine*
P3229. Au fond de ton cœur, *Torsten Pettersson*
P3234. Une belle saloperie, *Robert Littell*
P3235. Fin de course, *C.J. Box*
P3251. Étranges Rivages, *Arnaldur Indridason*
P3267. Les Tricheurs, *Jonathan Kellerman*
P3268. Dernier refrain à Ispahan, *Naïri Nahapétian*
P3279. Kind of Blue, *Miles Corwin*
P3280. La fille qui avait de la neige dans les cheveux
*Ninni Schulman*
P3295. Sept pépins de grenade, *Jane Bradley*
P3296. À qui se fier ?, *Peter Spiegelman*
P3315. Techno Bobo, *Dominique Sylvain*
P3316. Première station avant l'abattoir, *Romain Slocombe*
P3317. Bien mal acquis, *Yrsa Sigurdardottir*
P3330. Le Justicier d'Athènes, *Petros Markaris*
P3331. La Solitude du manager, *Manuel Vázquez Montalbán*
P3349. 7 jours, *Deon Meyer*
P3350. Homme sans chien, *Håkan Nesser*
P3351. Dernier verre à Manhattan, *Don Winslow*

P3374. Mon parrain de Brooklyn, *Hesh Kestin*
P3389. Piégés dans le Yellowstone, *C.J. Box*
P3390. On the Brinks, *Sam Millar*
P3399. Deux veuves pour un testament, *Donna Leon*
P4004. Terminus Belz, *Emmanuel Grand*
P4005. Les Anges aquatiques, *Mons Kallentoft*
P4006. Strad, *Dominique Sylvain*
P4007. Les Chiens de Belfast, *Sam Millar*
P4008. Marée d'équinoxe, *Cilla et Rolf Börjlind*
P4050. L'Inconnue du bar, *Jonathan Kellerman*
P4051. Une disparition inquiétante, *Dror Mishani*
P4065. Thé vert et arsenic, *Frédéric Lenormand*
P4068. Pain, éducation, liberté, *Petros Markaris*
P4088. Meurtre à Tombouctou, *Moussa Konaté*
P4089. L'Empreinte massaï, *Richard Crompton*
P4093. Le Duel, *Arnaldur Indridason*
P4101. Dark Horse, *Craig Johnson*
P4102. Dragon bleu, tigre blanc, *Qiu Xiaolong*
P4114. Le garçon qui ne pleurait plus, *Ninni Schulman*
P4115. Trottoirs du crépuscule, *Karen Campbell*
P4117. Dawa, *Julien Suaudeau*
P4127. Vent froid, *C.J. Box*
P4159. Une main encombrante, *Henning Mankell*
P4160. Un été avec Kim Novak, *Håkan Nesser*
P4171. Le Détroit du Loup, *Olivier Truc*
P4188. L'Ombre des chats, *Arni Thorarinsson*
P4189. Le Gâteau mexicain, *Antonin Varenne*
P4210. La Lionne blanche & L'homme qui souriait
*Henning Mankell*
P4211. Kobra, *Deon Meyer*
P4212. Point Dume, *Dan Fante*
P4224. Les Nuits de Reykjavik, *Arnaldur Indridason*
P4225. L'Inconnu du Grand Canal, *Donna Leon*
P4226. Little Bird, *Craig Johnson*
P4227. Une si jolie petite fille. Les crimes de Mary Bell
*Gitta Sereny*
P4228. La Madone de Notre-Dame, *Alexis Ragougneau*
P4229. Midnight Alley, *Miles Corwin*
P4230. La Ville des morts, *Sara Gran*
P4231. Un Chinois ne ment jamais & Diplomatie en kimono
*Frédéric Lenormand*
P4232. Le Passager d'Istanbul, *Joseph Kanon*
P4233. Retour à Watersbridge, *James Scott*
P4234. Petits meurtres à l'étouffée, *Noël Balen et Vanessa Barrot*
P4285. La Revanche du petit juge, *Mimmo Gangemi*
P4286. Les Écailles d'or, *Parker Bilal*

P4287. Les Loups blessés, *Christophe Molmy*
P4295. La Cabane des pendus, *Gordon Ferris*
P4305. Un type bien. Correspondance 1921-1960
*Dashiell Hammett*
P4313. Le Cannibale de Crumlin Road, *Sam Millar*
P4326. Molosses, *Craig Johnson*
P4334. Tango Parano, *Hervé Le Corre*
P4341. Un maniaque dans la ville, *Jonathan Kellerman*
P4342. Du sang sur l'arc-en-ciel, *Mike Nicol*
P4351. Au bout de la route, l'enfer, *C.J. Box*
P4352. Le garçon qui ne parlait pas, *Donna Leon*
P4353. Les Couleurs de la ville, *Liam McIlvanney*
P4363. Ombres et Soleil, *Dominique Sylvain*
P4367. La Rose d'Alexandrie, *Manuel Vázquez Montalbán*
P4393. Battues, *Antonin Varenne*
P4417. À chaque jour suffit son crime, *Stéphane Bourgoin*
P4425. Des garçons bien élevés, *Tony Parsons*
P4430. Opération Napoléon, *Arnaldur Indridason*
P4461. Épilogue meurtrier, *Petros Markaris*
P4467. En vrille, *Deon Meyer*
P4468. Le Camp des morts, *Craig Johnson*
P4476. Les Justiciers de Glasgow, *Gordon Ferris*
P4477. L'Équation du chat, *Christine Adamo*
P4482. Une contrée paisible et froide, *Clayton Lindemuth*
P4486. Brunetti entre les lignes, *Donna Leon*
P4487. Suburra, *Carlo Bonini et Giancarlo De Cataldo*
P4488. Le Pacte du petit juge, *Mimmo Gangemi*
P4516. Meurtres rituels à Imbaba, *Parker Bilal*
P4526. Snjór, *Ragnar Jónasson*
P4527. La Violence en embuscade, *Dror Mishani*
P4528. L'Archange du chaos, *Dominique Sylvain*
P4529. Évangile pour un gueux, *Alexis Ragougneau*
P4530. Baad, *Cédric Bannel*
P4531. Le Fleuve des brumes, *Valerio Varesi*
P4532. Dodgers, *Bill Beverly*
P4547. L'Innocence pervertie, *Thomas H. Cook*
P4549. Sex Beast. Sur la trace du pire tueur en série
de tous les temps, *Stéphane Bourgoin*
P4560. Des petits os si propres, *Jonathan Kellerman*
P4561. Un sale hiver, *Sam Millar*
P4562. La Peine capitale, *Santiago Roncagliolo*
P4568. La crème était presque parfaite, *Noël Balen*
*et Vanessa Barrot*
P4577. L.A. nocturne, *Miles Corwin*
P4578. Le Lagon noir, *Arnaldur Indridason*
P4585. Le Crime, *Arni Thorarinsson*

P4593. Là où vont les morts, *Liam McIlvanney*
P4602. L'Empoisonneuse d'Istanbul, *Petros Markaris*
P4611. Tous les démons sont ici, *Craig Johnson*
P4616. Lagos Lady, *Leye Adenle*
P4617. L'Affaire des coupeurs de têtes, *Moussa Konaté*
P4618. La Fiancée massaï, *Richard Crompton*
P4629. Sur les hauteurs du mont Crève-Cœur, *Thomas H. Cook*
P4640. L'Affaire Léon Sadorski, *Romain Slocombe*
P4644. Les Doutes d'Avraham, *Dror Mishani*
P4649. Brunetti en trois actes, *Donna Leon*
P4650. La Mésange et l'Ogresse, *Harold Cobert*
P4655. La Montagne rouge, *Olivier Truc*
P4656. Les Adeptes, *Ingar Johnsrud*
P4660. Tokyo Vice, *Jake Adelstein*
P4661. Mauvais Coûts, *Jacky Schwartzmann*
P4664. Divorce à la chinoise & Meurtres sur le fleuve Jaune *Frédéric Lenormand*
P4665. Il était une fois l'inspecteur Chen, *Qiu Xiaolong*
P4701. Cartel, *Don Winslow*
P4719. Les Anges sans visage, *Tony Parsons*
P4724. Rome brûle, *Carlo Bonini et Giancarlo De Cataldo*
P4730. Dans l'ombre, *Arnaldur Indridason*
P4738. La Longue Marche du juge Ti & Médecine chinoise à l'usage des assassins, *Frédéric Lenormand*
P4757. Mörk, *Ragnar Jónasson*
P4758. Kabukicho, *Dominique Sylvain*
P4759. L'Affaire Isobel Vine, *Tony Cavanaugh*
P4760. La Daronne, *Hannelore Cayre*
P4761. À vol d'oiseau, *Craig Johnson*
P4762. Abattez les grands arbres, *Christophe Guillaumot*
P4763. Kaboul Express, *Cédric Bannel*
P4771. La Maison des brouillards, *Eric Berg*
P4772. La Pension de la via Saffi, *Valerio Varesi*
P4781. Les Sœurs ennemies, *Jonathan Kellerman*
P4782. Des enfants tuent un enfant. L'affaire James Bulger *Gitta Sereny*
P4783. La Fin de l'histoire, *Luis Sepúlveda*
P4801. Les Pièges de l'exil, *Philip Kerr*
P4807. Karst, *David Humbert*
P4808. Mise à jour, *Julien Capron*
P4817. La Femme à droite sur la photo, *Valentin Musso*
P4827. Le Polar de l'été, *Luc Chomarat*
P4830. Banditsky ! Chroniques du crime organisé à Saint-Pétersbourg, *Andreï Constantinov*
P4848. L'Étoile jaune de l'inspecteur Sadorski, *Romain Slocombe*
P4851. Si belle, mais si morte, *Rosa Mogliasso*

P4853. Danser dans la poussière, *Thomas H. Cook*
P4859. Missing : New York, *Don Winslow*
P4861. Minuit sur le canal San Boldo, *Donna Leon*
P4868. Justice soit-elle, *Marie Vindy*
P4881. Vulnérables, *Richard Krawiec*
P4882. La Femme de l'ombre, *Arnaldur Indridason*
P4883. L'Année du lion, *Deon Meyer*
P4884. La Chance du perdant, *Christophe Guillaumot*
P4885. Demain c'est loin, *Jacky Schwartzmann*
P4886. Les Géants, *Benoît Minville*
P4887. L'Homme de Kaboul, *Cédric Bannel*
P4907. Le Dernier des yakuzas, *Jake Adelstein*
P4918. Les Chemins de la haine, *Eva Dolan*
P4924. La Dent du serpent, *Craig Johnson*
P4925. Quelque part entre le bien et le mal, *Christophe Molmy*
P4937. Nátt, *Ragnar Jónasson*
P4942. Offshore, *Petros Markaris*
P4958. La Griffe du chat, *Sophie Chabanel*
P4959. Les Ombres de Montelupo, *Valerio Varesi*
P4960. Le Collectionneur d'herbe, *Francisco José Viegas*
P4961. La Sirène qui fume, *Benjamin Dierstein*
P4962. La Promesse, *Tony Cavanaugh*
P4963. Tuez-les tous... mais pas ici, *Pierre Pouchairet*
P4964. Judas, *Astrid Holleeder*
P4965. Bleu de Prusse, *Philip Kerr*
P4966. Les Planificateurs, *Kim Un-Su*
P4978. Qaanaaq, *Mo Malø*
P4982. Meurtres à Pooklyn, *Mod Dunn*
P4983. Iboga, *Christian Blanchard*
P4995. Moi, serial killer. Les terrifiantes confessions de 12 tueurs en série, *Stéphane Bourgoin*
P5023. Passage des ombres, *Arnaldur Indridason*
P5024. Les Saisons inversées, *Renaud S. Lyautey*
P5025. Dernier Été pour Lisa, *Valentin Musso*
P5026. Le Jeu de la défense, *André Buffard*
P5027. Esclaves de la haute couture, *Thomas H. Cook*
P5028. Crimes de sang-froid, *Collectif*
P5029. Missing : Germany, *Don Winslow*
P5030. Killeuse, *Jonathan Kellerman*
P5031. #HELP, *Sinéad Crowley*
P5054. Sótt, *Ragnar Jónasson*
P5055. Sadorski et l'ange du péché, *Romain Slocombe*
P5067. Dégradation, *Benjamin Myers*
P5068. Les Disparus de la lagune, *Donna Leon*
P5093. Les Fils de la poussière, *Arnaldur Indridason*
P5094. Treize Jours, *Arni Thorarinsson*

P5095. Tuer Jupiter, *François Médéline*
P5096. Pension complète, *Jacky Schwartzmann*
P5097. Jacqui, *Peter Loughran*
P5098. Jours de crimes, *Stéphane Durand-Souffland et Pascale Robert-Diard*
P5099. Esclaves de la haute couture, *Thomas H. Cook*
P5100. Chine, retiens ton souffle, *Qiu Xiaolong*
P5101. Exhumation, *Jesse et Jonathan Kellerman*
P5102. Lola, *Melissa Scrivner Love*
P5123. Tout autre nom, *Craig Johnson*
P5124. Requiem, *Tony Cavanaugh*
P5125. Ce que savait la nuit, *Arnaldur Indridason*
P5126. Scalp, *Cyril Herry*
P5127. Haine pour haine, *Eva Dolan*
P5128. Trois Jours, *Petros Markaris*
P5167. Diskø, *Mo Malø*
P5168. Sombre avec moi, *Chris Brookmyre*
P5169. Les Infidèles, *Dominique Sylvain*
P5170. L'Agent du chaos, *Giancarlo De Cataldo*
P5171. Le Goût de la viande, *Gildas Guyot*
P5172. Les Effarés, *Hervé Le Corre*
P5173. J'ai vendu mon âme en bitcoins *Jake Adelstein*
P5174. La Dame de Reykjavik, *Ragnar Jónasson*
P5175. La Mort du Khazar rouge, *Shlomo Sand*
P5176. Le Blues du chat, *Sophie Chabanel*
P5177. Les Mains vides, *Valerio Varesi*
P5213. Le Cœur et la Chair, *Ambrose Parry*
P5214. Dernier tacle, *Emmanuel Petit, Gilles Del Pappas*
P5215. Crime et Délice, *Jonathan Kellerman*
P5216. Le Sang noir des hommes, *Julien Suaudeau*
P5217. À l'ombre de l'eau, *Maïko Kato*
P5218. Vik, *Ragnar Jónasson*
P5219. Koba, *Robert Littell*
P5248. Il était une fois dans l'Est, *Arpád Soltész*
P5249. La Tentation du pardon, *Donna Leon*
P5250. Ah, les braves gens !, *Franz Bartelt*
P5251. Crois-le !, *Patrice Guirao*
P5252. Lyao-Ly, *Patrice Guirao*
P5253. À sang perdu, *Rae Delbianco*
P5282. L'Artiste, *Antonin Varenne*
P5283. Les Roses de la nuit, *Arnaldur Indridason*
P5284. Le Diable et Sherlock Holmes, *David Grann*
P5285. Coups de vieux, *Dominique Forma*
P5286. L'Offrande grecque, *Philip Kerr*

P5310. Hammett Détective, *Stéphanie Benson, Benjamin et Julien Guérif, Jérôme Leroy, Marcus Malte, Jean-Hugues Oppel, Benoît Séverac, Marc Villard, Tim Willocks*
P5311. L'Arbre aux fées, *B. Michael Radburn*
P5312. Le Coffre, *Jacky Schwartzmann, Lucian-Dragos Bogdan*
P5313. Le Manteau de neige, *Nicolas Leclerc*
P5314. L'Île au secret, *Ragnar Jónasson*
P5335. L'Homme aux murmures, *Alex North*
P5336. Jeux de dames, *André Buffard*
P5337. Les Fantômes de Reykjavik
*Arnaldur Indridason*
P5338. La Défaite des idoles, *Benjamin Dierstein*
P5339. Les Ombres de la toile, *Christopher Brookmyre*
P5340. Dry Bones, *Craig Johnson*
P5341. Une femme de rêve, *Dominique Sylvain*
P5342. Les Oubliés de Londres, *Eva Dolan*
P5343. Chinatown Beat, *Henry Chang*
P5344. Sang chaud, *Kim Un-Su*
P5345. Si tu nous regardes, *Patrice Guirao*
P5346. Tu vois !, *Patrice Guirao*
P5347. Du sang sur l'asphalte, *Sara Gran*
P5348. Cool Killer, *Sébastien Dourver*
P5378. Angkar, *Christian Blanchard*
P5379. Que tombe le silence, *Christophe Guillaumot*
P5380. Nuuk, *Mo Malø*
P5381. Or, encens et poussière, *Valerio Varesi*
P5382. Le Goût du rouge à lèvres de ma mère, *Gabrielle Massat*
P5383. Richesse oblige, *Hannelore Cayre*
P5384. Breakdown, *Jonathan Kellerman*
P5385. Mauvaise graine, *Nicolas Jaillet*
P5386. Le Séminaire des assassins, *Petros Markaris*
P5387. Y. La Trilogie de K, *Serge Quadruppani*
P5388. Norlande, *Jérôme Leroy*
P5418. Le Bal des porcs, *Arpád Soltész*
P5419. Après le jour, *Christophe Molmy*
P5420. Quand un fils nous est donné, *Donna Leon*
P5421. Sigló, *Ragnar Jónasson*
P5422. La Gestapo Sadorski, *Romain Slocombe*
P5473. L'Emprise du chat, *Sophie Chabanel*
P5474. Somb, *Max Monnehay*
P5503. De cendres et d'or. Une enquête du ranger Taylor Bridges
*B. Michael Radburn*
P5504. Un dernier ballon pour la route, *Benjamin Dierstein*
P5505. Laisse pas traîner ton fils, *Rachid Santaki*
P5506. La Dernière Tempête, *Ragnar Jónasson*
P5507. Un dîner chez Min, *Xiaolong Qiu*